내 나이 60, 다시 청춘이다

내 나이 60, 다시 청춘이다

초 판 1쇄 2023년 11월 21일

지은이 오정희
펴낸이 류종렬

펴낸곳 미다스북스
본부장 임종익
편집장 이다경
책임진행 김가영, 신은서, 박유진, 윤가희, 윤서영, 이예나

등록 2001년 3월 21일 제2001-000040호
주소 서울시 마포구 양화로 133 서교타워 711호
전화 02) 322-7802~3
팩스 02) 6007-1845
블로그 http://blog.naver.com/midasbooks
전자주소 midasbooks@hanmail.net
페이스북 https://www.facebook.com/midasbooks425
인스타그램 https://www.instagram/midasbooks

© 오정희, 미다스북스 2023, *Printed in Korea*.

ISBN 979-11-6910-386-2 03810

값 17,500원

미다스북스는 다음세대에게 필요한 지혜와 교양을 생각합니다.

새로운 꿈을 향한 60의 랩소디

내 나이 60, 다시 청춘이다

오정희 지음

미다스북스

들어가는 글

멋진 인생을 살고 싶다.

위기는 기회라고 한다. 2020년 코로나19는 내게 새로운 희망을 품게 했다. 내게 주어진 시간과 나를 마주하게 되었다. 나를 들여다보는 시간이 되었다. 100세 시대라고 하는데 예측불허의 시간 속에서 어떻게 살아야 할지 고민하게 되었다.

나이 들어도 열정은 여전하다. 나의 감성적 나이는 생물학적 나이와 비례하지 않는다. 할 수 있는 게 아직 많다. 나이를 먹으니 자연도 공부도 더 편해진다.

나의 성장과 기쁨을 느낄 수 있는 가슴 떨리는 삶을 살고 싶다고 생각했다. 내가 하고 싶었던 일, 책 읽고 글 쓰며 여행하고 내 생각을 나누는 삶. 그러면서 누군가를 도울 수 있다면 더 좋겠다는 생각이다.

60세, 이제 앞으로 내 삶의 의미와 어릴 적 꿈을 찾는 여행을 시작한다. 나의 멋진 노년을 생각하며 힘들었던 지난 시간도 축복으로 받아들인다.

해마다 새로운 곳에서 사람을 만나고 비슷한 내용의 삶을 살고 있다. 오늘도 전화를 받았다. "지금은 어디 계세요?"라고 묻는다. 화학 선생님을 구한다며. 우리 집 아이들의 근황도 묻는다. 아직 공부하고 있다고 하자 그럼 65세까지는 일하라고 한다. 나이에 대한 고민이 많아진다. 교사들을 보면 정년을 채우기 전에 떠나는 사람이 더 많다. 정년이 정해진 일, 난 65세가 아니라 내가 할 수 있을 때까지 일하고 싶다. 정년 없는 삶을 살고 싶다. 나이는 단지 숫자에 불과하다며 무시하다가도 은근슬쩍 피곤해지기도 한다.

세상은 계속 변하고 있고, 나도 변한다. 내 삶의 시간을 다시 계획한다. 70세, 80세가 되어서도 재미있게 일하고 놀기도 하면서 살고 싶다고.

세계보건기구 발표 자료에 따르면 18세에서 65세까지가 청년기라고 한다. 그 기준으로만 보자면 나는 지금, 청년기의 삶을 살아가고 있다. 두 번째 인생을 살기 위한 불안한 청춘의 시간을 견디고 있다.

44세라는 나이에 2번째 직장생활을 시작했다. 불편하고 힘들었다. 작은 동네 공부방 선생님이 학교에서 학생들을 가르치게 되었다. 두렵기도 하고 긴장도 되었다. 지금도 그때의 긴장감은 계속 진행 중이다. 삶은 지속되는 불확실성이라 하던데 이곳에서 다시 한번 내 삶을 확장해 본다. 살아 있음을 느낀다.

처음에는 해마다 바뀌는 학교의 새로운 환경에 적응하느라 몸도 마음도 힘들었다. 하지만 힘듦도 시간이 흐르니 견딜 만해졌다. 일그러지고 뭉개져야 향을 내고 특성을 보여주는 식물이 있다. 감당하기 힘들었던 지난 시간이 이젠 내 안의 열정으로 요동치는 소리가 들리는 듯하다. 이제는 그 시간이 할 수 있다는 자신감과 경력이 되어주었다. 세월이 약이라고 해마다 바뀌는 학교의 업무와 환경에 적응도 빨라졌다. 사람들과의 관계에서도 서운하지 않게 되었다. 장거리 출퇴근길도 매일 떠나는 여행이라 생각하니 나만의 즐거움으로 다가왔다.

이젠 희망을 꿈꾼다. 열심히 살다 보면 내 나이 60에는 뭐라도 하나 이룬 삶이 되어 있지 않을까 생각했다. 쉽지 않았다. 산다는 것은 수많은 처음을 만들어 가는 끊임없는 시작이라는 신영복 님의 말처럼 말이다.

새로운 출발을 준비하는 내 나이 60의 시간. 그래도 여전히 나의 생은 가능성으로 가득한 삶이라고 생각한다.

똑같은 곳을 바라봐도 서로 다르게 보며 무책임한 말들로 배우자로부터 상처받고, 일을 찾던 시간이 있었다. 떠돌이 일회성 삶이라고 느꼈었다. 그런데 어느 순간부터 그 삶에서 '나'를 위한 삶, 내가 꿈꾸는 삶을 그리게 되었다.

언젠가 "내 나이 60살만 됐어도 운전을 배우고 싶다. 직접 운전하며 다니고 싶은 곳 맘껏 다니고 싶다."라던, 90을 바라보는 엄마의 말이 생각났다.

이제 곧 60이 되는 내 나이가 누군가에게는 꿈과 희망의 나이일 수도 있다는 사실. 새로운 시작과 희망을 품어본다. 뭔가를 다시 시작해도 괜찮다고, 내 삶이 끝난 것은 아니니까, 토끼처럼 부지런히 뛰어가는 사람들 속에서 느릿느릿 거북이처럼 가더라도 불가능한 것은 아니라는 생각이다. 걱정은 되지만 걱정하지 않기로 했다. 아무것도 살지 못할 것 같은 겨울 들판에도 봄은 오고 새싹이 움트고 뜨거운 태양이 빛나는 것처럼 삶도 그러하지 않을까 하는 생각이다. 단풍이 빛나는 가을, 그중에서도 수확으로 풍요로운 늦가을, 내 삶은 기쁨과 설렘으로 시시각각 변하는 자연의 아름다움처럼 다가올 것이다.

오늘도 나는 몸도 마음도 건강한 삶, 굿 라이프를 그린다.

내가 살고 싶은 나의 삶을 고민한다. 늦지 않았다. 100세 시대다. 다른 사람이 내 삶을 좌지우지하게 내버려 두지 않을 것이다. 돌이켜보면 많은 선택의 순간들 속에서 후회와 아쉬움도 많았지만, 이젠 스스로 내가 가고자 하는 길을 가려고 한다. 가슴 벅찬 온전한 나의 삶을 꿈꾼다.

이젠 두려움 없이 꿈을 향해 나아가는 더 단단해진 내가 있다. 가을 햇살에 붉게 빛나는 단풍의 열정을 가슴에 담아본다. 내가 바뀔 때 인생도 바뀐다.

다시 새로운 삶을 계획하는 지금, 행복하다.

멋진 노년을 꿈꾸며 2023년 가을에, 오정희

제 2 장 이대로 물러설 수 없다

제5장 나를 성장시킨 대화의 기술

제1장

평범한 일상이 꿈이 되었다

늦은 결혼과 출산

이번 설 명절은 각자 시간이 될 때 부모님을 찾아뵙기로 했다. 고등학생 딸과 같이 부모님 댁으로 가는 길은 한가했다. 코로나19는 일상의 모든 것을 조심스럽게 보게 했다. 명절 분위기가 나지 않았다. 윤희와 이런저런 얘기를 하며 웃어보지만 길게 이어지지는 않았다. 그러다 윤희가 "엄마, 나 나중에 돈 벌어도 엄마 집에서 살 거야. 고양이 두 마리 키우면서."

"얘, 그래도 네 집이 있어야지 돈을 벌지."

"요즘 웬만해야 집을 사지, 그냥 차 바꾸면서…재미있게 살 거야."

"왜?"라는 나의 질문에 윤희는 결혼은 안 하고 싶단다.

그날, 분명 수다스럽게 주거니 받거니 많은 대화가 오고 갔는데 다른 이야기는 생각이 나지 않았다. 웃으면서 장난처럼 주고받았던 윤희의 그냥 재미있게 살고 싶다는 말이 마음 한구석에 자리했다. 나 때문에 그런 것 같다는 생각이 들었다.

나도 한때 결혼 생각이 없었다. 아빠는 좋은 사람이었고, 엄마는 부지런하고 자녀들에게 헌신적이었다. 커가면서 나는 그런 부모님이 왜 서로 원망하고 미워하며 싸우는지 이해할 수 없었다. 엄마는 아빠와 헤어지려는 생각도 여러 번 했지만, 우리 때문에 참고 사셨다고 입버릇처럼 얘기하셨다. 이해할 수 없었다. 그래도 우리를 위해 살았다는 엄마를 위로해 드리고 싶었다. 잘하고 싶었고, 실망하게 하고 싶지 않았다. 달라지는 것은 별로 없었다.

시간이 흘러 학교를 졸업하고 직장생활을 시작했다. 나의 20대는 무신론자로, 지금의 행복이 중요하다고 생각하며 살았다. '서로 예의 없이 증오하는 초라하고 볼품없는 관계보다 화려한 싱글'이고 싶었다. 누가 봐도 괜찮아 보이고, 내가 봐도 스스로 만족할 수 있는 삶을 살고 싶었다. 하지만 누군가를 만난다면 있는 그대로의 나를 이해하고 같은 곳을 바라보

며 서로 같이 성장할 수 있는 관계라면 좋겠다고 생각했다. 그냥 폼나게
잘 살고 싶었다.

서른을 훌쩍 넘긴 여름날, 결혼했다.

6남매의 둘째인 나는 "너 대체 결혼은 언제 할 거니?"라는 소리를 들으
며 '결혼 적령기'라는 유통기한을 지났다. 결혼까지 숫자에 목매어야 하
는 현실이 싫었다. 주위의 시선도 부담스러웠다. 졸업하면서 생각했던
직장생활도 유니폼도 숨이 막혔다. 특별한 계획도 없이 20대 후반을 보
내고 있었다. 에너지 넘쳐야 할 20대에 나는 불안과 불편함으로 일상이
흔들렸다. 사표를 썼다.

동생이 먼저 결혼했고, 난 나름 자유로운 영혼 코스프레를 하며 시간
을 보냈다. 하지만 세상은 만만하지 않았고 변하지 않는 관습은 나를 힘
들게 했다. 30대로 들어서니 조금씩 타협하며 현실을 받아들이게 되었
다. 내 생각만으로 나 혼자의 힘으로 이 세상을 살아간다는 것이 참으로
외로운 일이라는 생각이 들었다. 지치지 않고 틈만 나면 결혼을 얘기하
던 엄마의 소원이 이루어졌다. 결혼이 필수조건도 아니고 나이에 등급이
있는 것도 아니었는데 서둘렀다. 30대의 나는 모두의 염려와 축하를 받
으며 결혼했다.

낯선 곳에서의 생활이 시작되었다. 비슷한 사람끼리 만난다고 남편도 나와 비슷했다. 동생들이 먼저 결혼해 아빠 엄마가 되었고, 주변 지인들은 안정된 결혼생활을 하고 있었다. 그도 또한 부모님으로부터 결혼을 재촉받았다. 결혼하고 보니 아무것도 준비되어 있지 않은 현실에 조급한 마음이 들었다. 해야 할 일, 알아야 할 일들로 앞으로의 삶이 만만치 않았다. 늦은 만큼 더 많이 사랑하고 행복하자며 서두르지 않기로 했다. 하지만 결핍은 결혼생활 처음 마음과 달리 조금씩 변했다. 가끔 불편했고 타인처럼 느껴졌다. 시시때때로 부딪히는 일이 생겼다. 지역 토박이인 그의 주변엔 내가 알지 못해도 나를 아는 많은 사람이 있었다. 길을 지나는 모르는 사람이 쳐다보기만 해도 혹시 내가 실수를 하는 것은 아닌가? 먼저 인사를 해야 하나? 신경이 쓰였다. 자유롭게 살고 싶었던 나의 몸과 마음은 조금씩 위축되었다.

작은 시골 동네에서는 잘해도 못해도 항상 말들이 많았다. 서두르지 않고 천천히 행복을 만들어 가는 꿈을 꿨었는데 행복하지 않았다. 부모님의 성화에 결혼했지만, 그래도 꽤 괜찮게 살아왔다고 생각했는데. 당당함을 잃고 주눅 들고 모자란 사람이 되어가는 기분이 들었다. 의도치 않게 모든 것이 내가 생각한 삶의 방향과 다른 방향으로 가고 있었다.

삼복더위에 출산했다.

친정집 근처 산부인과를 다녔다. 의사는 노산인 산모를 걱정해 주었고 엄마는 그런 딸을 불편하지 않게 하려고 애썼다. 마음이 불편하다 보니 이곳도 편하지 않았다. 애써 아무렇지 않은 듯 지냈다. 그래도 자식으로서 나의 도리는 했다는 생각이 조금은 나를 위로해 주었다. 오랫동안 익숙했던 나의 공간에 다시 돌아온 여름날, 한여름 밤의 꿈만 같았던 지난 시간이 어색해진 나의 모습을 바라본다. 행복해야 할 임산부의 모습 대신 앞으로 감당해 나가야 할 시간에 대한 두려움이 밀려왔다. 출산이 가까워지면서 두려움 대신 삶에 대한 굳은 다짐으로 나를 조금씩 단련시켜 갔다. 오히려 마음이 편해졌다. 그날도 저녁을 먹고 TV 드라마를 보는데 평소와 다른 통증이 느껴졌다. 그 길로 신발을 신고 엄마와 함께 골목을 걸어 나와 병원문을 두드렸다. 출산의 고통은 생각보다 크지 않았고 그 시간 또한 길지 않았다. 언제 왔는지 꽃바구니와 함께 서 있는 남편이 보였다.

출산 다음 날 아침, 조간신문 1면에는 흙탕물이 모든 것을 삼켜 가로수 윗부분만 나온, 장마로 물에 잠긴 신혼집이 있는 동네 사진이 실려 있었다. 장마와 삼복더위에 출산한 나는 친정에서 산후조리를 했다. 시부모님이 다녀가셨고 나는 다시 내가 '우리 집'이라고 부르는 곳으로 돌아왔다. 장맛비로 아파트 지하에 물이 들어차 주민들이 물을 퍼내고 지역 전체가 장마 피해로 난리가 났었다고 하는데, 별 느낌이 없었다. 돌아온 집에는 아무 변화도 없었다. 다시 시간은 천천히 흘러갔고 이젠 이곳에서 내가 살아가야 할 이유가 생겼다.

알면서도 모른 척 나서지 않고 그렇게 아이들만 생각하며 살았다. 아이들만은 행복하게 본인들이 하고 싶은 일 맘껏 하면서. 이제는 두 아이 모두 성장하여 어느 정도 마음의 여유가 생겼다.

"요즘 피곤해서 그런지 입맛이 없네." 지나가는 말처럼 했다. 그 말에 윤희는 "엄마도 이제 영양제 챙겨 먹어야 할 나이야."라고 한다.

오히려 지금은 나의 모습이 부담을 주는 건 아닌가 하는 생각을 한다. 이젠 그동안 돌보지 않았던 나를, 내 삶을 가꾸어 나가는 행복한 모습을 보여줘야겠다.

IMF로 흔들린 삶

끝이 보이지 않았다.

여기저기 많은 사람의 일상이 흔들렸다. 기세등등한 코로나19는 우리가 알고 있던 일상의 모습들을 과거 속으로 사라지게 하는 느낌이었다. 제2의 IMF가 아닌가 하는 생각이 들었다. 그러고 보니 최근 몇 년 동안 일상의 계획들이 조금씩 무너지고 있었다. 알아차림이 부족했다. 2019년에는 아프리카 돼지 열병이 여러 행사를 취소시켰고, 2020년과 2021년 2년 동안 계속된 코로나19는 우리의 일상을 완전히 바꾸어 버렸다. 어느 정도 시간이 지나면 다시 회복될 줄 알았는데, 시간은 삶을 바꾸어가고 있었다. 사람들은 불안 속에서도 변화되어 가는 삶을 받아들이며 배우고 재충전하여 새로운 내일을 준비한다.

　

IMF 시절, 나의 어려움은 시간이 지나면 해결될 것이라고 믿었다. 비 온 뒤 땅이 더 단단해지듯이 나의 생활도 더 좋아질 것으로 생각했다. 많이 불안해하지 않았다. 남편을 믿었고 그의 주변 지인들을 믿었다. 아직 크게 돈이 들어가는 일이 많지 않아 조금 불편할 뿐이라고만 생각했다. 아이는 잘 자랐고 함께 행복했다. 희망이었고 사랑이었다. 어려운 형편에도 남편은 대학원을 다녔고, 시간이 허락하는 한 아이에게도 최선을 다했다. 하지만 고정적인 수입 없는 생활이 계속되자 경제적으로 어려워지기 시작했다. 서로가 직접적인 표현은 하지 않고 있었지만, 서로 예민해졌다. 계속 시간이 지나면서 불안은 불편한 현실이 되어갔다. IMF로 많은 사람이 힘들어했지만, 그때만 하더라도 내가 이렇게 오랜 시간 힘들게 될 줄 상상조차 하지 못했다. 한때의 스치는 바람으로 지나갈 것으로 생각했는데, 상황은 최악으로 치닫기 시작했다.

당장 생활비 걱정을 하게 되었다. 아이들의 돌 반지와 비상금이라고 할 만한 쌈짓돈마저도 바닥이 났다. 신용카드 대출을 쓰게 되었고, 결제일을 넘기기 시작했다. 연체 기간은 늘어났고, 카드 대금 독촉 전화에 시

달리게 되었다. 독촉 전화, 압류통지서, 통장압류 등이 발생했다. 하루하루가 불안했다. 이런 상황에서 아이의 재롱과 웃음은 위안이 되지 못했다. 공허했다. 어떻게라도 빨리 해결하고 싶었다. 함께 의논하고 평화로운 일상을 다시 찾고 싶었다. 하지만 애들 아빠는 "조금만 더 기다려, 알아서 해결해 준다."라며 신경 쓰지 말라는 말로 말을 하지 못하게 했다. 상황은 점점 더 안 좋아지고 대화도 없이 관계는 어색해져 갔다. 나와의 대화는 피하면서도 그는 여전히 다른 가족과 주변 이웃에게는 나누고 베푸는 친절한 모습의 좋은 사람이었다. 나와 맞지 않는 사람인 것만 같았다. 힘들었다. 그런데도 주변 사람들은 내가 힘든 줄 몰랐다. 나를 생각해 주고 배려해 주는 사람은 어디에도 없었다. 집안의 크고 작은 소소한 일과 이웃과의 관계도 달라지지 않았다. 힘들다고, 어렵다고 누군가에게 얘기하고 싶었지만 얘기할 곳이 없었다.

이상적인 결혼을 꿈꾸었다. 세상이 무섭지 않았다. 내가 진심으로 노력하면 맘먹은 대로 잘 살 거라 믿었다. 가진 것이 많이 없어도 남편도 나도 각자 스스로가 재산이라며 자신감 가득했다. 든든했다. 온종일 육아와 살림에 정신없이 지나는 시간이었지만 아이와 함께하는 시간이 좋았다. 아이 덕분에 이웃을 알게 되었고 이웃과 함께하는 재미도 느낄 수 있었다. 이렇게 '가족'이란 울타리를 가꾸며 잘 살려고 노력했다. 잘 산다고 생각했는데 나만의 착각이었나 보다. 현실의 벽은 생각보다 두껍고 단단했다. 남편과의 대화는 점점 없어지고 의논은 아예 없었다. 동거인도 이보다는 낫지 않을까 하는 생각이 들었다.

한번은 초등학교 3학년이 된 태희가 자신의 돌사진을 보더니 "어, 내 손에 반지가 많이 있네. 이거 어딨어?"라고 말하며 보여달라고 했다. 순간, 할 말이 생각나지 않았다. 어떻게 말해야 아이한테 덜 미안할 수 있을지 부끄러웠다.

"아들, IMF 알아?"

"알아, 텔레비전에서 봤어. 사람들 막 금 모으기 하고….."

"맞아. 우리 태희도 벌써 애국했잖아."

"사람들이 태희를 얼마나 많이 축하해 주었는데. 엄마가 우리 아들 대신 좋은 일에 썼어. 괜찮지?"

"응."

태희는 친정과 시댁뿐만 아니라 남편이 알고 있고 남편을 아는 많은 지인이 축하해 주었다.

순간 부끄럽고 창피했지만, 생활비로 썼다고 말할 수가 없었다.

26

우리도 많은 것이 바뀌었다. 승용차가 바뀌고 아파트 소유권이 바뀌었다. 그런데도 남편의 '곧' 괜찮아질 거라는 말은 바뀌지 않았다. 집과 주변 지인들과의 관계와 태도도 바뀌지 않았다.

아이들은 커가고 살림살이는 팍팍해지고, 우리 부부의 대화도 사라져 갔다. 불안감이 밀려오기 시작했다. 뭐라도 속 시원하게 말이라도 한마디 하면 좋을 텐데 무얼 물어도 묵묵부답이다. 남편의 소식을 다른 사람한테 듣는다. 곧 해결될 것 같지 않았다. 무엇이라도 해야겠다는 생각이 들기 시작했다. 집에서 아이와 함께하는 시간도 소중하고 귀한 시간이지만, 자신만 믿으라고, '곧' 모든 걸 알아서 해결하겠다고 신경 쓰지 말라는 남편의 말에 대한 믿음이 사라졌다. 문득 거울 속의 나를 돌아보았다. 내 모습이 아닌 예민하고 황폐해진 빈껍데기의 낯선 이가 보였다. 어색했다. 낯선 나를 바라보는 내가 싫었다. 추락의 끝이 어디인지는 몰라도 추락하고 있는 내 모습이 보였다. 더는 추락하고 싶지 않았다. 이젠 뭐라도 해야겠다고 생각했다.

끝이 보이지 않는 코로나19 상황이 IMF 때의 모습과 묘하게 겹치는 느낌이다. 그때도 힘들고 많은 것이 바뀌었지만, 지금도 비슷하다. IMF 때는 추락하면서도 날갯짓을 파닥이며 떨어지지 않으려고 애썼다. 지금은 또다시 도태되지 않기 위해 온라인 세상에 발을 담그며 블로그를 시작했다. SNS 활동이 필수라고 하는 지금, 나 또한 지금의 새로운 변화가 두렵고 아직도 익숙하지는 않다. 이젠 망설이지 않고 새로운 변화를 배우고 받아들이는 중이다. 흔들리는 바람에 굽어 휘는 보리와 같이 강인한 생명력으로 오늘도 나는 일어난다. 더 멀리 날기 위한 날갯짓을 한다. 새로운 시작을 한다.

가정이 위태로워졌다

저녁 온라인 강의를 들을 준비를 한다. 커피를 마시며 노트북을 꺼낸다. 지금은 좀 얌전해졌지만, 천방지축 고양이의 출입을 통제하기 위해 녀석을 찾아보지만 보이지 않는다. 평소 같으면 졸졸 따라다니며 툭툭 부딪치던 녀석인데 지금은 찾아도 보이지 않는다. 어딘가에 있겠지 하면서 살짝 방문을 열고 들어오니 벌써 자리를 차지하고 있다. 고양이는 도도하고 까칠하다고 하던데 우리 집 고양이는 애교 많고 사람을 잘 따른다. 물장구치는 것도 잘하고, 식구들 얼굴을 핥으며 부비부비하길 좋아한다. 정말이지 애굣덩어리다. 그런 까미를 보면서 아이들 어렸을 때가 생각났다.

　학원 시간 강사로 일할 때였다. 오후 출근할 때면 애들이 신경 쓰였다. 엄마가 필요한 방과 후 시간을 엄마 없이 보내야 하는 아이들이 걱정됐다. 일주일에 2, 3번 있는 일이지만 매번 마음이 불안했다. 저녁 시간을 잘 보냈으면 하는 바람이었다. 가끔은 둘째 윤희를 부탁할 곳 없어서 데리고 출근하기도 했다. 다행히도 엄마와 함께 다니는 걸 좋아했고 학원장도 별로 불편해하지 않았다. 가끔은 잠든 아이를 깨우고, 졸려서 하품하고 눈 비비는 아이와 버스를 타고 늦은 시간 집으로 돌아오던 때가 생각났다.

　IMF로 힘들었을 때 우연한 기회로 공부방을 몇 개월 했었다. 대부분이 우리 집 아이와 어울려 놀던 동네 아이들이었다. 공부와 놀이가 자연스럽게 연결되었다. 하지만, 공부방은 이젠 공식적으로 매일 들려 놀아도 되는 곳이 되었다. 경계가 모호해졌다. 공부방의 몇 명 안 되는 아이들로 집은 온종일 어수선했다. 조금은 예상했지만 당황스러웠다. 그래도 그 아이들의 소란함 속에서 태희와 윤희가 웃으며 놀기도 하고 나 또한 일하며 잡념을 떨쳐낼 수 있었다. 가르치는 일은 생각해보지도 않았는데,

자연스럽게 가르치는 일을 시작하게 되었다.

6개월 후 이사하게 되었다. 그곳에서는 집에서 멀지 않은 곳의 소규모 보습학원에 다니게 되었다. 학생들이 하교할 시간에 출근했다. 큰아이 태희가 초등학교 부설 병설 유치원을 다니고 있어서 오후 돌봄이 되지 않을 때가 많았다. 가끔은 남편이 일주일에 2, 3일 출근하는 나 대신 아이들을 돌보기도 했다. 하지만 남편은 학원의 특성을 이해하려 하지 않았다. 보충수업으로 늦거나 학생들 시험 기간에는 주말에도 출근하는 나를 못마땅하게 생각했다. 조금씩 아이들도 집안일도 네가 알아서 다 하라는 식으로 행동했다.

학원 강사를 하다 보니 어느 순간 낮과 밤이 바뀐 생활과 집안일이 쌓이면서 힘이 들었다. 남편은 도와주지 않았다. 모른척했다. 아이들을 학원에 보내기로 했다. 태희는 검도 학원으로, 윤희는 피아노 학원으로 데리고 갔다. 피아노 학원장은 윤희를 보더니 몇 살이냐고 물었다. 5세였다. 손이 너무 작다고, 한글은 읽을 줄 아냐고 물었다. 원장 선생님은 "피아노를 칠 수 있는지, 좋아할지 보고 결정할게요."라며 바로 윤희를 받아주지 않았다. 조금은 심란했지만, 윤희는 피아노 학원을 다니게 되었다. 피아노 연주를 좋아했다. 시간이 되기도 전에 피아노 학원으로 달려갔다. 학원 수업이 끝나도 그곳에서 시간을 더 보냈다. 그렇게 큰아이는 유치원이 끝나면 학교 앞 검도장으로, 작은아이는 피아노 학원으로 갔다.

조금의 변화가 생겼지만 달라진 건 크게 없었다. 오후 출근하면서 아이들 맡길 곳을 걱정하지 않아도 된다는 것, 하지만 늦은 시간 집에 돌아오면 잠자고 있는 아이들의 모습이 신경 쓰였다. 싱크대의 설거지도, 빨래 바구니에 아무렇게나 들어가 있는 빨래도, 베란다 빨래 건조대 위의 바싹 마른 빨래들이 딴 세상처럼 다가왔다. 어지러운 공간 속 고요한 적막이 현기증을 불러온다.

"너, 누구니?"

"나? 나이만 먹고 세상 물정 하나 모르는 바보?" 나도 모르게 그렇게 답을 했다. 남편이 하는 말만 철석같이 믿은 내가 원망스러웠다. 그러면서도 아직 때가 아니라서 힘든 것이라고, 조금만 더 참고 기다리면 괜찮아진다고 스스로 위로하며 믿고 또 믿었다. 그를 믿고 그의 말에 대한 약속을 믿었다. 약속이 계속 무너졌지만, 아직 때가 아니라서 그런 거라고, 본인은 더 힘들 거라고, 조금만 더 기다리자고. 불편해지고 싶지 않은 나는 그의 말을 믿기로 했다.

토요일 오후, 학원 수업을 하는 중에 전화가 왔다. 아버지 수술 건으로 가족회의를 하려는데 참석할 수 있냐고 했다. 그동안 내게는 특별히 연락하지 않았다고 했다. 연세가 많으신 아버지의 수술이 혹시라도 잘못될 수 있다는 의사의 말에 상황이 어찌 될지 몰라 알려온 것이었다. 쉽게 답을 할 수 없었다. 잠시 숨을 고르고 난 후 "나는 참석하기 좀 힘들 것 같아. 결정대로 할게."라며 전화를 끊었다. 불편했다. 세상에 나 혼자 덩그러니 던져진 기분이었다. 남편은 내가 무엇을 물어도 다 알아서 하겠다고 신경 쓰지 말라고 했다. 시댁과 친정은 우리가 지금 힘든 상황인 줄, 아무도 모르고 있었다. 사실 나도 말을 안 하니 남편이 정확하게 얼마나 힘든지 알 수 없었다.

나의 학원 강사료는 생활비가 되었다. 애들 아빠와는 어느 순간 꼭 필요한 얘기가 아니면 대화도 하지 않게 되었다. 그래도 시댁의 크고 작은 대소사에는 참여했지만, 마음은 불편했다. 남편의 위로와 배려는 아예 없었다. 오히려 아이들이 놀다가 다치기라도 하면 "잘하는 게 뭐야? 애도 하나 못 보고."라는 싸늘한 말을 들어야 했다. 심지어 애들 책을 전집으로 구매했을 땐 "책 안 읽는 사람들이 모양으로 전집을 산다."라는 비아냥 소리를 들었다. 애들한테 숙제하고 공부하라는 말을 하면 "공부 못하는 사람들이 꼭 애들한테 공부하라고 잔소리한다."라는 말로 애들 앞에서 무안하게 했다. 이젠 저항할 힘도, 에너지도 모두 고갈 되어가는 느낌이었다. "뭐야?", "뭐 하고 있어?", "뭐 했어?"라는 뾰족한 말로 나의 자존감을 비참하게 무너뜨렸다. 나는 분명 무언가 열심히 잘해보려고 애쓰고 있었는데 내가 하는 일은 보이지도 않았다. 보려고 하지도 보지도 않았다. 더는 함께하기 힘들다는 생각이 들기 시작했다.

언제 들어와 있었는지 소리 없이 조용히 잠들어 있는 고양이를 보면서 늦은 밤 잠자는 아이를 깨워서 버스를 타고 오던 시간이 생각났다. 아이들은 이제 스스로 알아서 할 만큼 컸다. 나 나름대로는 열심히 했다고 생각했는데, 나아지기보다는 더 힘들었던 시간이 주마등처럼 지나간다. 견디기 힘들 만큼 아픈 시간이었다고 생각했는데 지나고 보니 견뎌낸 그 시간이 내게 힘이 되었다.

이제는 나를 위한 새로운 시작을 하려고 한다. 노트북 전원을 켠다.

나는 엄마다

정월 대보름. 딱히 보름을 챙겨야 하는 식구가 있는 것은 아니지만 장을 보러 갔다. 보름이라서 그런지 시장 골목은 보름 음식으로 가득했다. 나물을 좋아하지 않는 아이들을 생각하며 나물은 작은 모둠 팩 하나, 부럼도 작은 봉지에 들어있는 땅콩 한 봉지만 샀는데도 장바구니에는 이것저것 많이 담겼다. 저녁에 보름달이 뜨면 올해는 좋은 일만 가득한 한 해가 되게 해 달라는 소원을 빌어야지 하는 소망도 담았다. 보름달이 떠오르기를 기다렸다. 기대했던 멋진 보름달은 아니었다.

보름달을 볼 때면 가끔 생각나는 사람이 있다. '11월 입시 한파의 쌀쌀한 기온'이라는 일기예보 진행자의 말과는 달리 적당히 기분 좋은 차가운 공기다. 조금 늦은 퇴근길, 건물 밖 풍경은 어두웠지만 밝았다. 시험장 대청소로 조금 전까지 분주했던 마음을 차분하게 다독여주는 것 같았다. 조용히 어둠이 내린 교정은 은행잎 단풍잎이 달빛과 함께 아름다운 꽃길을 만들어 주었다. 그 길을 천천히 걸었다. 그런데도 자꾸 발걸음이 느려졌다. 하늘을 올려다본다. 그런 나를 보며 옆에서 같이 걷던 은 선생이 한마디한다. "보통 사람들이 하늘을 보는 나이는 30살이 넘어서면서부터라고 해요."라며. 잠시 멈춰 섰다. 또다시 하늘을 올려본다.

은 선생은 다시 나지막한 작은 소리로 〈월량대표아적심〉을 아냐고 물어본다. 월량대표아적심?

"음…. 달빛이 내 마음을 대신하죠."라는 뜻이라며 영화 〈첨밀밀〉에 나온 노래란다. 그래도 고개를 갸우뚱하자 약간의 비음이 섞인 나지막한 소리로 노래를 부른다. 멜로디를 들으니 제법 익숙한 노래였다. 적당한 어둠에 차분하게 내려앉은 밤공기의 무게에 달빛이 더해져서인지 그녀의 노래가 꽤 매력적으로 들렸다. 잠깐이지만 달콤한 기분이었다. 노래를 부르는 그녀의 얼굴을 슬쩍 쳐다봤다. 지쳐 보였다. 그녀는 무슨 생각을 하며 노래를 흥얼거렸을까 갑자기 궁금해졌다.

언젠가 은샘과 함께 저녁을 먹으러 갈 때였다. 대여섯 명의 남학생이 골목을 가득 메우면서 걸어왔다. 마주 보며 골목을 지나는 남학생들의 거친 표현에 대한 반응이 생각났다. 덩치로 봐서는 중학생인지 고등학생인지 구분이 되지 않았지만, 우리는 그들이 지나가도록 한쪽으로 몸을 붙여 길을 비켜주었고 그들은 너무도 당당하게 욕설이 섞인 대화를 하며 지나갔다. 나는 그들의 무례함에 화가 났지만, 그녀는 "전혀 아무렇지 않아요."라고 했다. 더욱 놀라웠던 것은 툭 내뱉는 그녀의 다음 말이었다. "21년 감옥살이에 이젠 아무렇지도 않아요."라며 일상화된 욕설에 무감각해졌다고 아무렇지도 않게 말하던 그 알 듯 말 듯한 은샘의 이야기가 스치듯 생각났다. 은샘의 아들은 약간의 문제가 있는 것 같았다. 거의 매일 욕을 한다고 했다.

난 내 삶을 아무렇지 않게 누군가에게 얘기하지 못한다. 그런데 그녀는 자신의 결혼생활의 힘듦을 '21년째 감옥살이'를 하고 있다는 말로 아무렇지도 않게 얘기했다. 여리고 순하게만 보였던 그녀가 둥근 달을 보며 흥얼거리는 노랫말의 "달빛이 내 마음을 대신하죠."라는 말이 '나를 대신해주죠.'라는 말로 다가왔다. 지금 이렇게 걷는 이 짧은 시간에 내가 느끼는 내 마음을 누가 알아줄 수 있을 것인가?

공부방을 시작으로 학원 강사를 하다 학교로 일자리를 옮기게 되었다.

새벽에 나가 한밤중에 들어오는 날들로 시간의 변화가 생겼다. 아침엔 아이들을 챙기지 못하고 저녁엔 돌보지 못하는 피곤한 시간이 많아졌다. 매일 새벽 아침을 준비하고, 늦은 시간 알림장을 확인하며 준비물을 확인하다 보면 시간은 어느새 다음 날 새벽이었다.

초등학생 아이들의 학교생활은 부모의 도움과 관심이 필요했다. 크고 작은 준비물부터 시작해서 학교 행사에서 부모가 해주어야 할 일들이 있었고, 그것은 나의 몫이었다. 남편은 아이들의 학교 활동에 참여하지 않았다. 계약직 기간제 교사로 학교생활을 한 지 얼마 되지 않았을 때였다. 자녀 학교 방문으로 조퇴를 신청할 일이 생겼다. 많이 망설이고 생각한 끝에 조퇴를 결정하고 교감 선생님께 전후 사정을 말씀드렸다. 그런데 관리자의 되돌아오는 말은 "일하는 엄마가 일일이 애들 학교생활 신경 쓰면서 어떻게 일해요."라는 말이었다. 그러면서 덧붙인다. "내가 여기까지 그냥 온 줄 알아요?"라며 시선도 마주치지 않고 뭔가를 끄적이면서 말한다. 얼굴이 화끈거리며 자존심이 상했지만, 학교에서 엄마가 오기만을 기다리고 있을 아이를 생각했다. 입에서는 나도 모르게 "죄송합니다."라는 말이 나왔다. 그렇게 무엇을 잘못한 학생처럼 훈계를 듣고 나서 조퇴를 허락받고 나오면서 "감사합니다."라고 인사를 했다. 서둘러 태희와 윤희가 있는 학교로 갔다. 조금만 일찍 출발했어도 마음이 이렇게 나 바쁘지 않았을 텐데, 늦었다. 학예발표회는 많이 진행되고 있었고, 삼삼오오 모여 있는 학부모와 눈을 맞추며 웃는 아이들 속에 누군가를 찾고 있는 태희의 모습도 보였다. 아이는 엄마를 보자 환하게 웃으며 손을 흔들어 주었다. 조금 늦었지만 아이의 발표를 볼 수 있었다. 태희의 발표는 기분 좋게 끝났다. 다시 윤희가 있는 병설 유치원에 왔다. 무용 발표를 위해 아이들이 발레 옷으로 갈아입고 있었다. 옷을 갈아입고 단추를 채우는 손이 쉽게 단추를 채우지 못하고 있다. 아이한테 다가가 단추를 채워줬다. 아이와 함께 시간을 보내면서 몇 시간 전의 불편한 마음은 이미 사라지고 없었다. 그 후로도 비슷한 일을 여러 번 경험했지만, 불편한 마음을 갖지 않으려고 노력했다.

처음 시작했을 때와 달리 지금은 모든 게 많이 달라졌다. 그렇게 견뎌 온 시간은 나의 경력이 되었다. 괜찮아졌다.

어느새 훌쩍 커버린 아이들이 이젠 엄마를 걱정한다. 그런데 걱정하지 않았으면 한다. 이젠 쉽게 흔들리지 않는다. 뿌리 깊은 나무로, 시원한 그늘을 만들어 아낌없이 주는 나무와 같은 엄마가 되려고 한다. 그런 생각이 기분 좋고 행복하다. 힘든 시간이 어느새 추억과 행복의 그림으로 하나씩 다가옴을 느낀다. 아직 해야 할 일들이 많이 남아 있다. 하고 싶은 것 많은 아이의 열정이 오늘도 내게 꿋꿋하게 살아낼 힘과 용기를 준다.

　나는 내 아이들과 서로 살고 싶은 꿈을 얘기하고 응원하며 부끄럽지 않은 부모가 되기를 희망해 본다.

　둥근달을 보면서 서로를 응원하는 그런 내 마음을 전해 본다. 지나온 시간, 힘들었지만 나는 엄마니까 부끄럽지 않게 최선을 다해 당당하게 살았다고, 앞으로도 나는 엄마니까 더 열심히 살 것이라고 달님에게 내 마음을 전해 본다.

체중을 줄여야겠습니다

"특별히 복용하고 있는 약이 있나요?"

"관리를 좀 하셔야겠습니다. 따로 드시는 약이 없다고 하니, 굳이 약을 먹을 필요는 없지만, 운동도 하고 관리 좀 하셔야겠어요."라고 한다. 재계약이니 올해는 건강검진을 안 받고 지난번 제출한 서류들로 다시 계약서만 작성하면 될 줄 알았다. 그런데 행정실 직원은 전화로 지금 서류를 작성하러 내려와 달란다. 전 교사가 출근하여 직무연수를 받으며 새 학기 준비를 하는 2월 중순이다. 행정실 직원은 고개도 들지 않은 채 서류를 몇 장 건네면서 공무원 채용 건강검진 결과도 함께 바로 작성해 달란다. 순간 당황해 하는 나를 보면서 직원은 국민건강보험공단에서 건강검진 받은 것도 가능하다는 말을 건넨다. 재계약 관련해서도 사전에 이러저러한 내용이 전혀 전달되지 않았다. 코로나19 시국이라 건강검진도 안 받았다. 서류작성은 당황스러웠다. 그동안 근무한 곳과 근무 기간을 쓰라고 한다. 난 굳이 내가 이 서류를 왜 작성해야 하는지 물었다. 전 근무지에서 경력증명서가 다 오지 않냐고 되물었지만, 다른 사람들은 다 작성해 줬다면서 "그런 거 기록 안 해두세요?"라고 한다.

기록? 내가 기록 해 두었다 하더라도 갑자기 이렇게 작성하라고 하면 지금 당장 작성이 가능하냐고 되물었다. 서류가 급하면, 나와 관련된 서류를 인쇄해주면 참고해서 작성하겠다고 말하고 인쇄물을 들고나오는데 기분이 좋지 않았다.

나는 지난해 2월에 채용을 위한 건강검진을 받았다. 그때는 코로나19 초기로 병원들은 긴장이 최고조에 달해 방역을 이중삼중으로 하고 있어 평소와 달리 많이 긴장되었다. 그래서 건강보험공단에서 실시하는 건강검진 대상자였지만, 건강검진을 차일피일 미루었다. 정부도 상황을 고려하여 건강검진 기간을 다음 해 6월 말까지 연장해 주었다. 나는 이번 건강검진은 식습관도 조절하고 운동도 하고, 관리한 후에 받고 싶었다. 지난해 건강검진 때 복부 비만에 나쁜 콜레스테롤 수치가 높다는 의사의 처방을 다시 듣고 싶지 않았다. 전에는 건강검진 시간만 신경 썼었다. 그냥 하면 됐다. 형식적이라고 생각했다. 하지만 한 해 두 해 나이가 들어가니 이제는 더 늦기 전에 관리 해야겠다는 생각이 들었다. 지난해는 갑작스러운 코로나19로 등교 중지 등 학사일정이 모두 연기되는 바람에 2주간 의사의 처방으로 약을 먹고 다시 건강검진을 받아 채용 건강검진표와 서류를 제출했다.

이번엔 계획대로 되지 않았다. 불편한 마음으로 다음 날 아침 일찍 출근하여 외출을 달고 근처 병원에 건강검진을 받으러 갔다. 아침부터 병원은 사람들로 가득했다. 접수창구 직원은 "여기 처음이에요?"라고 묻는다. 그 병원이 처음인 나는 개인정보를 건네고 직원은 컴퓨터에 정보를 입력했다. 건강검진 대상이라며 채용 신체검사와 건강검진을 같이 받아도 된다고 안내해 준다.

혈압을 잰다. 혈압수치가 89에서 155로 높게 나온다. 호흡을 가다듬고 차분하게 다시 측정해 보지만 처음보다는 수치가 약간 낮아졌지만 걱정이다. 그렇게 기본 검사를 끝냈는데 잠시 원장 선생님을 만나고 가라고 한다. 대기실에서 한참을 기다렸다 원장실을 들어가니 처음 질문으로 '드시는 약이 있냐고 묻는다. 특별히 먹는 약은 없다고 했다. 원장은 많이 걱정할 정도는 아니고, 혈액검사, 소변검사 결과가 나와봐야 알겠지만, 혈압이 높게 나오니 관리 좀 하고 결과가 나오면 다시 보자고 한다. 그렇게 오전 병원 진료를 받고 건물 밖으로 나오니, 아침의 차가웠던 공기는 어느새 따뜻해져 있었다. 봄날의 포근함이 눈부셨지만, 아무 느낌도 생각도 없이 그냥 걸었다. 의사의 "혈압 관리, 식이요법, 체중 관리, 근력 운동 하세요."라는 말이 햇살과 함께 어지럽게 뒤섞인다. 내 나이에 이런 상황을 전혀 예상하지 못한 것은 아니지만, 나는 이런 말이 나오는 상관없는 일이라고 생각했다. 부모님이 주신 건강한 신체에 감사할 줄 만 알았지, 소중하게 돌보지 못했다. 함부로 대한 대가를 받고 있다는 생각이 들었다. 지금 나는 살짝 위험 수위를 넘나드는 경계선에 있다. 주말을 보내고 다시 병원에 들러 원장 선생님과 상담하고 서류를 받아 나오면서 이번엔 정말 내 몸에 신경 좀 쓰자고 다짐한다. 다음 건강검진을 받으러 갈 때는 "약물치료는 요구되지 않으나 식사조절 및 운동으로 조절이 필요합니다."라는 말조차도 듣지 않기를 바란다. 나의 건강 문제로 아이들을 걱정하게 하고 싶지 않다. 건강 때문에 하고 싶은 일을 망설이는 일도 없었으면 한다.

물리적인 나이는 단지 숫자에 불과하다고 하지만, 그 숫자에 걸맞은

멋있는 내가 될 수 있기를 희망하고 상상해 본다. 병원을 나와 학교로 되돌아가는 길에 햇살이 유난히 따사롭다. 내딛는 발걸음에 나의 다짐과 힘을 실어 길을 걸었다. 서류를 제출하러 간 행정실에 담당 직원은 없었다. 책상 위에 서류를 올려놓고 나왔다. 3층, 교무실로 올라가려다 말고 다시 밖으로 나왔다. 중앙 현관을 기준으로 왼쪽으로 건물을 한 바퀴 천천히 돌았다. 조금 전 내 생각을 다시 확인하면서. 진한 녹색, 억센 가시의 탱자나무가 눈에 띈다. 가까이 다가가 나뭇가지 끝의 뾰족한 가시를 만져보았다. 나와 탱자나무, 보기보다 위험해 보이지는 않았다. 그렇게 한참을 서서 아직 잎도 열매도 아무것도 없는 빈 가지의 가시나무를 바라보았다. 그 자리에 있는 것만으로도 기세등등한 나무다. 주위를 한 바퀴 더 돌고 들어갔다. 다시 또 한 해를 근무할 그곳은 같은 공간이지만 지난번과는 다른 느낌으로 다가왔다.

나도 지난해와는 달라져야겠다고 다짐했다. 내 마음 전부를 활짝 열지 못할 것 같은 마음이 들었다. 몸도 마음도 확실한 다이어트가 필요한 시간이 될 것 같다. 될 수 있으면 앞으로의 내 삶이 상처받고 미안해하고 아프지 않았으면 한다.

인생이라는 길고 긴 여정 속에서 지금의 이 마음이 흔들리거나 꺾이지 않기를 바란다. 아이들과 함께 서로의 꿈을 응원하며 아낌없이 주는 나무, 그런 나무 같은 내가 되고 싶다.

　당당하게 나를 사랑하며 나답게 살기로 했다. 자신 있는 내가 되기 위해 똑똑한 몸과 마음을 만들어야겠다. 우선은 건강을 위해 체중을 줄이는 것부터 시작하려 한다. 건강도 실력이다.

시간이 야속합니다

매일 생각만 하고 실천이 되지 않는 나의 일상을 반성하고 싶었다. 5년 다이어리를 시작할 때만 해도 5년 후에는 달라져 있을 나를 상상했다. 〈5년 후의 나에게〉라는 다이어리의 기록이 끝났다. 해마다 반복되는 느낌과 생각에서 벗어나지 못하고 있었다. 이제 또다시 새롭게 시작하는 다이어리를 보면서 변화 없이 흘러갈 시간에 조급증이 났다.

퇴근하고 집에 돌아와 간단하게 저녁을 먹고 꽤 오랫동안 반납을 미루고 있었던 책을 들고 나섰다. 3월 중순, 아래 지방에서는 꽃 소식이 연일

전해져 오고 있는데, 이곳은 아직도 쌀쌀하다. 꽃샘추위에 옷깃을 여미며 골목을 돌아 문이 닫혔을 도서관으로 향하는 발걸음이 어지럽다. 어디선가 풀 꽃향기가 담긴 차가운 바람이 스친다. 집을 나설 때 두꺼운 겨울 잠바를 입고 나왔는데도 스치는 바람에 몸이 떨린다.

가로등 불빛 따라 담벼락에 노랗게 피어난 개나리가 봄을 알린다. 그러고 보니 아침 출근길의 도로 한쪽에 덩그러니 주정차 되어있던 연보라색 라일락꽃을 닮은 관광버스도 생각났다. 계절은 봄인데 발이 묶인 관광버스, 아직은 봄소식을 보도블록 사이에 피어난 작은 제비꽃과 시멘트 바닥 사이로 납작하게 고개 내민 노란 민들레로 만난다. 시간이 흐르고 계절이 변해도 변함없는 나의 일상은 그렇게 하루를 또 보내고 있었다. 가로등 불빛을 따라 긴 그림자가 따라온다. 떨쳐내지 못한 내 삶의 부채처럼 끈질기다. 어디서부터 하나씩 끊어내야 할지 모르겠다.

내가 잘못 들은 것인가? 오후에 전문적 학습공동체 모임이 있는 교실로 들어서는 교감 선생님은 "여긴 노인네들만 모였네."라는 말을 하며 자리에 앉는다. 온라인 실시간 화상수업을 위한 기능을 배우기 위한 시간이었다. 기분이 언짢았다. 나만의 생각이었을까? 잠시 후 조금 늦게 들어오는 양 선생님을 보면서도 "양쌤도 나이 먹었구나."라며 교실을 둘러

본다. 기분이 가라앉았다.

　나이 44세에 계약직으로 다시 일을 시작했다. 그때도 다 늦은 나이에 무슨 일을 다시 하려고 하냐며 늦었다고, 나이 많다고 했다. 10년이 지난 오늘도 역시 아무렇지도 않게 "여긴 노인네들만 모였네."라는 나이 많다는 이야기를 듣는다. '누구는 나이 안 먹나? 나이 타령은?' 속으로 중얼중얼 소심한 반항을 해본다. 하지만 내 생각과 다르게 나는 그냥 〈아따 맘마〉에 나오는 엄마의 외모를 닮아가고 있었다. 내가 생각해도 약간의 비만과 한두 개의 옷만을 돌려 입으며, 외모에 신경을 전혀 쓰고 있지 않았다. 일의 효율성을 따지면서도 비효율적이다. 가끔은 어색한 웃음을 지으며 당혹감과 낯섦을 모면하려 애쓰기도 했다. 기분이 좀 다운됐지만 강의에 집중하려고 했다.

　본강의가 시작되었다. 강의하는 정보 선생님도 듣는 사람도 모두가 처음이다. 줌도, 줌 화면 접속, 줌 화면 공유, 스마트뷰 미러링 방법 등도 낯설고 힘들다. 그 외에도 다양한 온라인 학습 도구들을 얘기해 주었지만, 절반도 이해가 되지 않았다. 연수 시간이 끝났다. 궁금증을 해결하지 못한 선생님들은 남았다. 처음 시작할 때의 분위기와는 사뭇 달라져 있었다. 이런 모습을 보면서 배움이 있는 현장엔 나이가 없음을 다시 확인하는 시간이었다. 그리고 누군가를 가르친다는 것은 내가 다 알아야 가르칠 수 있는 게 아니라는 사실도 확인한다. 그날은 가르치는 강사도 배우는 수강생도 서로의 부족함을 함께 확인하고 해결해 나가는 시간이었다. 강의실을 나오면서 '항상 건강하게 현역의 삶'을 살고 싶은 나의 꿈을 다시 확인한다. 나는 지금 내 인생이 빛날 계절, 가을의 길목에 서 있다. 가을빛에 눈부시게 빛날 곱게 물든 단풍을 떠올리며.

정말 운동 부족인가 보다. 뒤죽박죽 섞이는 생각들로 정신없이 걷다 신호에 걸려 멈췄다. 거칠어진 호흡을 가다듬느라 집을 나설 때의 찬바람은 생각도 나지 않았다. 잠시 멈춘 교차로 앞에서 신호등은 바뀔 생각이 없는지 한참을 지나도 그대로다. 다시 찬바람이 느껴질 때쯤 신호등이 바뀌었다. 길을 건너면서 삶의 교차로를 생각해본다. 삶의 길목에도 분명 신호등은 있을 것이라고. 내 마음이, 신호등이 고장 난 것이 아니라면 삶의 신호등에도 변화가 있을 것이다. 신호를 기다리지 못하는 건 내 마음이 바쁘고 불안해서 기다릴 여유가 없어서일 것이다. 마음을 다독여본다. 지금 나는 나만의 로드맵을 그리며 교차로를 향해 묵묵히 가고 있다고. 이제 곧 그 길에서 빨간색 신호등이 초록색으로 바뀌듯 바뀔 것이라고.

시간이 야속하긴 하지만 40대에 새로운 시작을 했듯이 내 나이 60대에도 새로운 시작과 행복을 꿈꿔본다. 길을 걷다 교차로에서 만나는 수많은 신호등처럼 삶의 교차로에서도 많은 신호등을 만난다. 우리 인생은 예측불허의 생이지만 가능성 또한 가득한 삶이 곳곳에서 있음을 느끼기도 한다.

일본의 시바타 도요 할머니는 98세에 첫 시집을 냈고, 100세 생일을 기념하는 시집 『100세』를 출간했다고 한다. 미국의 국민화가 모지스 할머니도 75세에 그림을 시작해 101세에 세상을 떠나기 전까지 그림을 그렸다. 영화감독 클린트 이스트우드는 90대에도 왕성한 작업을 하고 있고, 피아니스트 마르시알 솔랄은 90세에도 연주회 무대에 섰다고 한다.

집에 돌아와 다이어리를 폈다. 일기란 과거의 나를 적으며 미래의 나를 만들어 가는 시간이라고 하던데, 지금의 나는 5년 전의 나와 달라진 게 없어 보였다. 그래도 시바타 도요 할머니나 모지스 할머니, 클린트 이스트우드의 왕성한 활동을 보면서 새로운 시작에 늦은 나이란 없다고, 시작하는 그날이 가장 빠른 날이라는 생각을 해본다. 그들에 비하면 나의 나이 타령은 투정이라는 생각이 들었다.

다시 시작을 꿈꾸는 시간, 지금이 최고의 시간임을 알게 되어 감사하다. 꿈은 포기하지 않으면 언젠가는 반드시 이루게 된다. 삶의 힘듦이 좌

절의 이유도 되지만 버틸 이유도 될 수 있음에 위로받는다. 약해지지 말자고, 지금의 시간을 견뎌보자고, 나를 도닥이고 위로한다. 지나간 시간에 대한 미련을 떨치고 새로운 희망을 가슴 가득 품어본다.

가끔은 흔들릴지라도

금요일 오후, 여유 있게 퇴근할 거라는 기대감이 사라졌다. 이렇게까지 불편해질 거라곤 생각도 못 했다. 지금 이곳에 있는 나, 내가 누구인지 모르겠다.

올해는 유난히 눈에 띄는 학생들이 많다. 시시콜콜 얘기하자면 끝도 없다. 심지어 코로나19 시국이다. 방역 지침을 무시하는 학생을 지도해야 하고, 아침마다 조회 시간에 늦는 학생을 깨우는 모닝콜도 한다. 급식 시간에는 칸막이가 있는 지정석에 앉도록 지도해야 한다. 가끔은 고등학생으로서의 기본 인성이 의심되는 행동을 하기도 한다. 관심이라는 명목으로 도움반 학생을 괴롭히고, 교내 흡연을 하기도 한다. 전동 킥보드를 보호 장구 없이 친구를 태우고 과속으로 달리는 등 참으로 다양하다. 한 두 번의 지도로는 나아지지도 않고 수법만 더 교묘해진다.

격주로 등교하는 3월이 채 지나지도 않았는데, 벌써 크고 작은 문제들이 신경 쓰였다. 새로운 환경에 적응도 하기 전에 힘이 빠진다. 이 선생님과 나는 학년부 학생 생활 담당자다. 학기 초 함께 학생 생활을 담당하게 된 이 선생님은 작년에도 같은 업무를 했다고 한다. "학교 규정대로 하면 학생 지도는 무리 없어요."라는 말에 "내가 알아서 할게요."라며 웃으며 말했다.

금요일 오후, 지도하기로 한 학생에 대한 이 선생님의 갑작스러운 태도 변화에 피곤해졌다. 학교 규정대로 다음 주 월요일부터 학생 지도를 하기로 협의하고 학부모에게 연락도 다 취한 상태였다. 그런데 갑자기 좀 더 고민해봐야겠다며 퇴근 무렵 협의를 다시 하자며 학년부 선생님들께 메시지를 보냈다. 협의 안건은 다른 학생들보다 30분 일찍 등교해서 방역(등교하는 학생들에게 손소독제를 뿌려주는 일) 활동을 하는 벌을 주고 싶지 않다고 했다. 학생 인권을 침해하는 것 같아 교육적 효과가 있는지 잘 모르겠다고 다시 의논해 보자고 한다.

입학하는 날부터 민수는 눈에 띄었다. 불러서 얘기라도 하려고 하면 2, 3번은 불러야 했다. 그리곤 바지 호주머니에 두 손을 넣고 턱을 치켜올려 고개를 앞으로 들이밀며 다가왔다. 그래도 다행인 것은 모른 척하지 않고 와 주니 태도의 불량 정도는 가끔 못 본 척할 때도 있었다. 그러다 온라인 수업 기간에 문제가 생겼다. 아침마다 출석 시간에 출석하지 않은 것이다. 여러 번 전화해도 통화가 되지 않았다. 교과 담당 선생님도 민수가 수업에 안 들어왔다며 연락해 봤는데 전화를 안 받는다고 담임인 내게 말했다. 난 될 수 있으면 민수 부모님께 전화하고 싶지 않았다. 학기 초부터 자주 전화하다 보니 한 번은 어머니가 스트레스로 병원에 입원 중이라며 오히려 내게 하소연했다. 잠시 망설이다 출석도 하지 않고, 전화도 받지 않고, 수업에 들어오지도 않고 수업이 끝났는데도 연락이 되지 않고 있어 어머니께 전화했다. 민수 어머니는 상황을 묻지도 않고 나중에 다시 연락을 주겠다고 하면서 전화를 끊었다. 잠시 후 민수 전화가 왔다. 그리곤 대뜸, 왜 병원에 있는 엄마한테 전화했냐며 화를 냈다. 어이가 없었다. 난 전화로 길게 얘기할 사항이 아닌 것 같으니 학교로 오라고 했다. 민수는 약속 시간 30분 지나서 나타났다. 찢어진 청바지에 전동 킥보드를 복도까지 가지고 들어왔다. 교실에 들어오면서도 "왜 우리 엄마한테 전화해요?"라며 따지듯 말한다. 할 얘기는 많았지만, 순간 할 말을 잃었다. 애써 침착하려고 했지만, 대화는 되지 않았다. 흥분한 학생은 자기와 관련된 얘기는 변호사랑 얘기하라고 한다. 말을 꺼내지도 못하게 한다. 더 이상 대화가 진행되지 않았다. 학년부장 선생님과 교감 선생님께 도움을 요청했다. 그렇게 시작된 민수의 생활지도는 나아지기보다는 날이 갈수록 점점 더 심해졌다.

어쨌든 교칙으로 되어 있는 학생 지도를 지금 와서 교육적 효과와 인권 운운하며 좀 더 고민해봐야겠다고 한다. 이 선생님은 좀 더 많은 상담과 지도를 통해 교육적으로 지도하자는 말을 반복한다.

코로나19로 비대면과 대면 수업을 격주로 돌아가며 하는 상황에서 학생을 지도하기가 쉽지 않았다. 3월 한 달 민수한테 할애한 시간이 1년처럼 느껴졌다. 전문 상담 선생님 상담도 의뢰 해보고, 학생부장 선생님께 도움도 청해보고, 지도하기 너무 힘들다고 교감 선생님을 찾아가 하소연도 해보았다. 민수에 대해 모두 관심을 보였고, 잘 지도하려고 애썼다. 달라지지 않았다. 결국엔 교감 선생님도 매뉴얼대로 하면서 지켜보고 기록해 두라고 했다. 모두 민수의 지도에 약간의 거리를 두는 것 같았다. 민수의 지도는 다들 힘들어했다. 학생의 이런 내용을 잘 알고 있으면서도 교육적 효과를 얘기하며 상담과 같은 얘기가 자꾸 반복되었다.

매년 이력서를 내고 면접을 보고, 새로운 환경에 적응하며 생활한다. '놀면 뭐 하나?'며 1년도 아니고 10개월인 자리에 그것도 '담임'이다. 좀 멀기도 하고 근무 기간도 애매했지만 '놀면 뭐해?'라는 말에 '그래, 무슨 사정이 있겠지.' 하는 심정으로 근무하게 되었다. 모든 일이 우연처럼 일어났다. 담임으로 학생을 만났고, 10개월은 1년이 되고 2년이 되었다. 처음엔 12월 말까지, 10개월의 어중간한 계약기간이 신경 쓰였다. 담임으로서 생활기록부 마감 시간도 촉박했다. 코로나19로 뒤죽박죽된 생활 습관으로 학교생활에 적응하지 못해 힘들어하는 학생도 있었지만, 지금처럼 심하지는 않았다. 10개월 담임일 때도 나는 학교 온라인 수업에 참여하지 않고, 심지어 가출해 버린 학생을 찾느라 정신없이 시간을 보냈었다.

다시 시작된 새 학년, 3월 시작부터 힘들었다. 다시 출근하게 된 날 아침, 제일 먼저 안부를 전하러 내려간 부서에서 나름 친했다고 생각했던 부장의 냉랭한 태도가 무척이나 당황스러웠다. 그래도 모른 척 그냥 웃으면서 안부를 전하고 되돌아 나오려는 내게 서운하다고 한다. 다시 근무하게 된 것을 다른 사람을 통해서 들어야 하냐며. 나 또한 재임용될 줄 몰랐고 알게 된 것도 며칠 되지 않아 먼저 연락을 못 해 미안하다고 했다. 충분히 이해하고 서운해하는 맘을 달래주려고 두 손을 잡는데 차가운 손이 닿아서일까, 아니면 정말 싫어서일까? 손을 뺀다. 학교 사정을 모르는 것도 아니면서, 내밀었던 내 손에 미안했다.

새 학기는 아직 3월이 채 끝나기도 전인데 벌써 힘이 빠진다. 무슨 상황 속에 지금 내가 있는 것인지? 여기 이곳에 있는 나는 누구인지? 내가 나인 것은 맞는지? 의문이 드는 시간이다. 그래도 아무 일 없었던 것처럼 오늘 주어진 삶을 산다. 내가 선택했지만, 선택할 수 없는 상황에 놓여있는 삶일지라도 지금 여기에서의 내 삶에 의미를 부여해 본다.

의미 없는 시간은 없다. 가끔은 흔들려도 꺾이지 않는 내 존재만으로도 의미를 갖기로 했다. 삶은 흐르고 미래의 나는 당신들이 함부로 하지 못하도록 할 테니까. 읽고 쓰는 삶을 계획하면서 독서를 시작했다.

마음 정리 시간이 필요합니다

어김없이 봄은 오고, 다람쥐 쳇바퀴 돌듯 그렇게 매일 출퇴근하는 일상의 반복이다. 어제도 어김없이 한바탕 소란스러웠지만, 오늘 하루는 충만하게 살아가려고 애써본다. 3월도 지나고 있다.

민수는 어제 체육 수업에 늦었다고 했다. 늦게 들어오는 민수를 향해 "학생, 왜 늦었어?"라고 체육 선생님이 물었다고 했다. 민수는 이름이 있는데 왜 선생님이 학생 이름도 모르고 학생이라고 부르냐며 '학생'을 학생이라 부른 것에 화를 냈다고 반 아이들이 말해 주었다. 체육 선생님은 민수의 말에 늦은 이유에 대한 대답을 기다리지 않고 수업했다고 한다. 체육 시간의 일은 모르고 지나갈 뻔했는데 방과 후 교무실의 소란으로 민수의 수업 태도를 묻다 보니 상황이 생각보다 심각했다.

"몰려다니지 말자. 마스크 착용 잘하자. 남의 교실 출입 금지." 등 여러 가지 안내에도 몰려다니다 지적받고 지적받으면 전후 사정 생각지 않고 대들곤 했다. 문제는 남의 반에 들어가지 말라고 했는데 10반에 들어가 시비 끝에 싸움이 일어났고, 심지어 교실 기물을 훼손하는 일이 생겼다. 그 일로 교무실에서 10반 선생님과 얘기하다 화를 참지 못해 거친 행동을 하고 있었다. 이제 3월 중반을 지나고 있는데 벌써 내 배터리는 방전된 상태다. 아무 생각도, 아무 일도 하고 싶지 않은 멍한 상태로 무기력해지고 있었다.

연체된 도서와 읽다 만 책들이 책상 위에 방치된 채 놓여 있고, 설거지 그릇들이 제멋대로 싱크대를 차지하고 있다. 암막 커튼이 쳐져 있는 거실은 아침인데도 밤처럼 조용하다. 인기척을 느낀 고양이만 나를 따라다닌다. 생동감이라고는 느껴지지 않는 토요일 아침이다.

서둘러 모자를 눌러쓰고 집을 나섰다. 서늘해 보이던 아침 공기는 생각보다 따뜻했다. 길을 건너 꽃길 사이 산책길로 들어섰다. 요즘 주말마다 내리는 비가 산책길을 촉촉하게 적시고 있었다. 개나리꽃 사이를 요리조리 날아다니며 짹짹거리는 참새 소리가 멍한 내 생각을 깨운다. 잠시 발걸음을 멈추고 작은 몸짓으로 부지런히 날아다니는 녀석들의 모습을 바라본다. 작은 생명체가 파드득 날아오르는 모습들을 보며 천천히 개나리 노란 꽃길을 걸었다. 나뭇잎들이 촉촉하게 물기를 머금고 있었고, 아무것도 없는 흙을 갈아엎어 놓은 밭에서도 강한 생명력이 느껴졌다. 하늘은 금방이라도 내려앉을 듯한 풍경이었지만, 모든 게 여유 있어 보였고 건강해 보였다. 그 공간들 속으로 자전거를 탄 사람들이 지나고, 맵시 있게 운동복을 차려입은 사람들도 지나갔다. 오랜만의 산책이 조금은 힘들었지만, 내 발걸음에도 힘을 실어보았다. 기분이 점점 좋아지고 있었다.

핸드폰이 울린다. "엄마, 어디야?" 윤희 전화다. 전화 받기 전 집에 돌아갈 생각이었다. 토요일 아침만이라도 잘 챙겨주고 싶었다. 서둘러 발걸음을 돌렸다. 조금씩 빗방울이 떨어진다. 우산을 쓸 정도는 아니지만, 이번 주말에도 많은 양의 비가 내릴 거라는 일기예보가 지금 시작되려는 것 같았다. 집으로 오는 길에 벚꽃과 개나리 꽃길로 다시 들어섰다. 집에서 들고 나온 연보라 우산을 펼쳐 들었다. 화사함이 더해졌다.

집에 도착하자마자 굵은 빗줄기가 무섭게 쏟아진다. 시원하다. 아침에 집을 나서기 전만 해도 멍했던 마음은 사라지고 없었다. 현관문을 열고 집에 들어서니 조용하고 차분한 공간이 나를 맞이한다. 그것도 잠시 곁에 다가와 장난치며 주변을 맴도는 까미를 시작으로 아침 메뉴를 묻는 윤희, 싱크대에 쌓인 설거지, 빨래통의 빨랫감들이 눈에 들어온다. 그래도 잠깐의 산책으로 기분이 좋아졌다. 주말이라고 아침을 먹자마자 친구 만난다고 집을 나서는 윤희한테 우산을 챙겨주었다. 비 오는데 운전들 조심하고 재미있게 놀다 오라고 했다. 다시 조용해졌다. 혼자 남은 나는 커피잔을 들고 베란다로 나왔다. 비가 내리는 창밖을 보며 커피를 마신다. 비가 쏟아져 내리고 있었지만, 문을 활짝 열었다. 커피 향이 비 냄새와 섞이며 베란다 작은 공간을 채운다. 커피를 마시며 화분을 정리하다, 비가 내리는 창밖을 멍하니 바라본다. 고양이가 잎을 몽땅 물어뜯어 몸통만 남은 화분도 들여다본다. 몸통만 남은 줄기 사이에 조그만 새싹이 나오는 것이 보인다. 산책길에서도 제법 키 큰 나뭇가지가 꺾여 나무 몸통에 간신히 기대어 있는 걸 봤다. 그런데 그 간신히 매달린 꺾인 나뭇가지에 여린 나뭇잎이 싹을 틔우고 있었다. 산책길에서 만난 풍경이 겹쳐온다. 다양한 형태의 새싹들이 떠올랐다. 모두가 제각각의 색깔과 모습으로 봄을 맞이하고 있었다. 창밖으로 시원하게 쏟아져 내리는 빗소리를 들으며 오랜만에 편안한 시간을 가져보았다.

연체된 책을 들고 다시 집을 나섰다. 도서관으로 가는 작은 골목길로 들어섰다. 천천히 걷는 골목길의 풍경이 주말의 여유로움을 느끼게 한다. 조용하다. 천천히 걷는 즐거움에 누군가의 집, 담 너머로 들리는 개 짖는 소리, 담벼락을 따라 피어난 꽃들이 담장보다 큰 키로 그 앞을 지나치는 행인을 반긴다. 길고양이가 빠르게 지난다. 골목으로 향해있는 연통에선 연기도 느리게 천천히 빠져나오고 있다. 그렇지, 아직은 아침저녁으론 쌀쌀한 봄날이니. 골목을 따라 길게 연결된 또 다른 누군가의 담장엔 어린 담쟁이 덩굴이 앞다퉈 모습을 보인다. 코너를 도니 응달진 곳엔 나지막한 얼음 동산이 벽을 등받이 삼아 볼록한 모습으로 반짝인다. 예쁘고 사랑스럽다.

어김없이 꽃이 피고 싹이 나는 봄을 보면서 비 오는 길을 걸었다. 마음도 편해졌다. 다시 견뎌낼 마음도 생겼다. 마음을 다잡아 본다. 지금 너무 힘들다고 현실을 부정하지 말자고. 그냥 지금 이대로도 충분히 잘하고 있으니 자신을 너무 방치하지 말자고. 나를 사랑해 주라고. 용기와 지혜가 필요한 시간이다. 반납함에 책과 함께 힘든 내 마음도 함께 반납하고 돌아섰다. 겨울의 언 땅에 싹을 틔우는 대지의 봄을 보면서 봄의 새싹 같은 희망을 품는다.

"희망은 땅 위의 길과 같다."라는 말과 함께 지금 여기 길 위에서, 나의 가능성을 소리쳐 본다.

제2장

이대로 물러설 수 없다

공부방의 시작

경계가 없어졌다. 공부방을 시작하면서 집은 아이들의 놀이터가 되었다. 현관문은 항상 열려있었고 아이들은 수시로 드나들었다. 작정하고 시작한 공부방은 아니었다. 나도 아이들도 아이들을 보내는 부모들도 편하게 생각했다. 아이들은 공부하는 시간 외에도 장난감 놀이와 컴퓨터 게임을 하며 남았다. 어떤 날은 공부보다 노는 시간이 더 많았다. 어두워져도 집에 갈 생각조차 하지 않는 아이도 있었다. 가끔은 저녁을 먹여 보낼 때도 있었다. 주말에도 문을 두드리는 아이들도 있었다.

낯가림이 있어 엄마들과 잘 어울리지 못하던 나는 아이 덕분에 엄마들과 어울리게 되었지만 힘들었다. 매일 어수선한 분위기에 적응하기가 쉽지 않았다.

계절이 바뀌고 아이들이 학교에서 보내는 시간이 길어졌다. 습관처럼 집에 오던 아이들의 수가 줄어들고 놀이 시간도 조금씩 줄어들었다. 아이들이 바빠진 만큼 나는 조금의 여유가 생겼다. 일단 공부하러 오는 아이들의 학습지를 봐주고, 다시 학원 가야 하는 아이들을 재촉해서 보내는 것이 또 하나의 일이 되었다. 나쁘지 않았다.

가끔은 더 놀고 싶어 하는 아이들 때문에 남편과 의견 충돌이 있기도 했다. 시간 맞춰 보내려는 나와 다르게 남편은 더 놀다 가게 놔두라고 했다. 나와 남편의 서로 다른 태도에 아이들이 눈치를 본다. 그렇게 노는 것이 신경 쓰였다. 귀가가 늦은 아이를 데리러 오던 부모들은 처음엔 미안해했다. 하지만 애들 아빠의 "걱정하지 마시고 그냥 편하게 놀다가 가게 두세요."라는 말에 엄마들도 아주 늦은 시간이 아니면 그냥 있었다.

가끔은 같은 곳에 있으면서도 서로 다른 곳을 보고 있는 우리 부부를 본다. 자녀에 대한 교육관도 이웃을 대하는 태도도 달랐다. 오랜 시간 서로 다른 환경에서 자랐으니 그럴 수 있다고 생각해도 이해하기 힘들었다. 대화를 통한 의견 나눔도, 대화하려는 나의 말도 듣지 않았다. 남편의 일방적인 태도에 드나드는 아이들이 조금씩 불편해졌다. 나도 모르게 짜증이 났다. 도움은 바라지도 않았다. "애들 눈치 주지 말고 맘껏 놀게 놔둬."라는 말로 오히려 나를 더 힘들게 했다. 애들은 맘껏 놀게 놔두면 알아서 잘한다고, 제대로 알지도 못하면서 아는 척 배운 척하지 말라고. 그럴 때도 남편을 이해하려고 했다. 몇 대째 살고 있는 원주민으로 시골에서 명문대를 간 지역 인재였음을 인정하려 했다. 그러다 보니 내 생각과 행동 하나하나가 부담스럽고 어색했다. 소심하고 위축되어 갔다. 내 집에서 공부하는 아이들한테도 맘대로 못 하는 내가 싫었다. 이웃들이 좋게 생각하는 시선과는 다르게 나는 숨이 막혔다.

그날도 평소처럼 아이들이 와서 놀다가 집으로 돌아갈 때였다. 마침 그 시간에 집에 들어오던 남편은 놀이에 집중한 태희를 봤다. 친구가 집에 와서 놀다가 가는데 잘 가라는 배웅도 하지 않고 게임만 하고 있다며 아이를 나무란다. 인사는 서로 했다. 아빠가 얘기하는 배웅은 돌아가는 뒷모습까지 지켜보는 것이었다. 아직 어린이집에도 다니지 않는 아이한테 '싸가지' 없다고 나무라며, 신발을 신고 현관을 막 나서려는 아이한테는 웃음 띤 얼굴로 엘리베이터 앞까지 배웅한다. 집에서 아이들을 어떻게 돌보기에 애 버릇이 없냐고 언성을 높인다.

엄마들과 이야기가 편하지 않았다. 다시 혼자 있는 시간이 늘어났다. 아이들도 예전처럼 편하지 않았다. 모든 것이 어색하고 불편해졌다. "애썼다, 수고했다." 한마디 위로의 말도 없었다. 당연한 일 하면서 무슨 생색이냐고 하지 않으면 그나마 다행이었다. "내가 뭘 그렇게 잘못하고 있는데?"라고 물으면 몰라서 묻냐는 답이 돌아왔다. 잘 모르겠으니 알려달라고도 해 봤다. 달라지지 않았다.

도현 엄마는 학습지 회사에 다닌다. 애들 나이가 비슷한 또래 친구들이 많은 복도식 아파트에서 서로 문을 열어놓고 지내면서 알게 되었다. 아이들은 복도에서 자전거도 타고, 달리기도 하면서 놀았다. 모두가 비슷한 환경이라 아이들이 소란을 피워도 나무라는 사람은 없었다. 아이들의 소리를 들으면서 엄마들도 편하게 차를 마시고 수다를 떨며 함께 했다. 오히려 조용한 복도가 이상할 정도였다.

그날도 그렇게 엄마들이 모였다. 학습지 영업을 하는 도현 엄마가 한마디 한다. "태희 엄마가 우리 애들 학습지 좀 봐주면 어떨까?"라고. 못할 것도 없지만, 생각지도 못했던 일이라 망설여졌다. 자존감이 많이 떨어져 있던 상황이었다. 그리고 아이들을 가르친다는 데 별 관심도 자신감도 없었다. 그러면서도 한편 도현 엄마의 말에 망설이고 있는 나를 봤다. 이 낯선 곳에서 아무런 시도도 하지 않고 사는 것이 더 불안하고 힘들 거라는 생각이 들었다. 도현 엄마의 제안에 오래 고민하지 않았다. 우리 집은 공부방이 되었다. 놀더라도 학습지를 먼저 하고 놀았다. 드나드는 아이들의 연령층이 다양해졌다.

매일 매일 어수선한 분위기에도 조금씩 적응되어 가고 있었다. 뉴스와 주변 상황은 IMF로 시끄럽다. 여기저기 불안한 이야기들이 계속 보도되고 있었다. 말은 하지 않고 있지만, 남편의 사업도 매우 어려워 보였다. 아무것도 모르는 아이들은 변함없이 우르르 몰려와 놀다가 저녁 늦게 집으로 돌아가곤 했다. 처음처럼 똑같이 매일 대하기가 쉽지 않았다. 아이들을 대하는 나의 마음도 자신감도 조금씩 무너져가고 있었다.

'난 지금 제대로 잘살고 있는 걸까?' 하는 생각들이 수시로 떠올랐다. 이곳에서 잘 살려고 시작한 공부방이었다. 낯설고 어색하게 시작했지만 이제 공부방으로 조금씩 변화가 생기고 있었다. 이 작은 변화를 발판으로 일단은 잘 견뎌내 보자고 마음을 다잡는다.

일상에 무게 추 하나 더하다

공부방으로 바뀐 환경에 쉽게 적응하지 못했다. 크게 달라진 것은 없었는데도 마음이 불편하고 여유가 없었다. 집에 오는 아이들도 손에 가방 하나 들었을 뿐 다르지 않았지만, 모든 게 예전 같지 않았다. 아이들은 하나같이 알록달록 호랑이와 사자가 그려진 작은 에코백에 학습지와 필기도구를 챙겨왔다. 얼마 전까지만 해도 동네 아줌마였는데, '선생님'이라는 호칭이 아이들도 어색했다. 아이들은 잠시 망설였지만, 아이들도 나도 조금씩 달라졌다. 달라졌다고 생각했다. 달라진 변화의 시간은 아주 잠깐이었다. 공부방은 놀이방이 되었고, 공부한다는 명목으로 집에 머물렀다 가는 시간이 늘어났다. 현관은 아이들이 제멋대로 벗어놓은 신발로 발 디딜 틈이 없었다.

나의 일상에 무게 추 하나가 더 추가되었다. 새로운 변화를 시도했는데, 일상은 더 무거워졌다. 다시 혼란스러운 날들이 되풀이되었다.

공부방에 아이들은 조금씩 늘었고, 공부를 마친 아이들은 태희와 윤희랑 놀다가 집으로 돌아갔다. 태희는 공부방에 오는 형과 누나들이 공부가 끝나고 같이 놀아주는 것을 좋아했다. 요람 속의 작은딸 윤희 주변에도 서로 요람을 밀어주려는 아이들로 붐볐다. 나는 조금씩 요령도 생기고 아이들 분위기도 파악했다. 고학년 아이들이 생기면서부터는 잠깐이나마 여유도 생겼다. 그러면서 이렇게 공부방을 해도 괜찮을 것 같다고 생각했다. 장단점은 어디에나 있었다. 방과 후 활동을 많이 하는 학생들의 수업은 시간 맞추기가 쉽지 않았다. 한두 번 개인 시간에 맞춰주다 보니 언제부터인지 내가 그들의 시간에 맞춰 다니고 있었다. 정해진 공부 시간이 의미 없어졌다. 아이들은 언제든지 자신들이 원하는 시간에 편하게 들릴 수 있는 곳쯤으로 생각하는 것 같았다. 이제 겨우 익숙해지려고 하는데 다시 또 혼란스러웠다. 일상의 리듬이 조금씩 흔들렸다. 늦은 시간까지 아이들이 머무르는 일이 잦아졌고, 개인적인 일로 평일 수업을 놓친 아이는 주말 보충을 요구하기도 했다. 시험 기간에는 시험 대비 보충을 하기도 했다. 조금씩 신경 써야 할 것이 늘어났고, 고스란히 나의 몫이었던 집안일도 늘어났다.

처음부터 누군가의 도움을 바란 것은 아니지만 도움이 필요했다. 일단 시작했으니 잘하고 싶었다. 공부방도 육아도 집안일도, 끊임없이 이어지는 일들을 소홀히 하고 싶지 않았다. 나의 모습은 초췌해졌다. 아침 시간이 이렇게 빠르게 지나는지 몰랐다. 남편이 출근하고 태희를 어린이집에 보내고 나면 집안일이 산더미처럼 남아 있었다. 설거지하기, 세탁기 돌리기, 청소기 돌리기, 아이 젖병 소독 등 끊이지 않고 나오는 일들을 하다 보면 어느새 태희가 올 시간이 된다. 또 잠시 후에는 공부방 아이들이 올 시간이다.

남편이 조금만 도와줬다면, 상황들을 조금만 배려해 줬다면 어떠했을까 하는 생각이 든다. 그는 내가 공부방을 시작한 뒤에도 특별히 달라진 것이 없었다. 공부를 마친 아이를 집으로 보내려는 나와 달리 놀다 가게 놔두라는 남편이 미웠다. 심지어 '애 보는 게 뭐 그리 힘드냐?'는 말을 아무렇지도 않게 했다.

어쩌다 가끔 아이들과 놀아줄 때면 세상에 둘도 없는 멋진 아빠가 되었고, 동네의 마음씨 좋은 키다리 아저씨가 되었다. 아낌없이 모든 것을 허용하는 아빠, 남편의 인기는 최고였다. 모든 아이를 향해 무조건 많은 것을 허용하려는 남편과의 의견 차이는 나를 지치게 했다.

계획적으로 시작한 공부방은 아니었지만, 나는 세상 물정을 너무 몰랐다. 고민 없이 덥석 하겠다고 한 내가 어리석고 바보 같았다. 어차피 우리 집에서 놀건데 아이들이 공부하고 놀면 더 좋지 않나 하는 생각에 시작했다. 이제 와 그만두기도 쉽지 않았다. 공부방 수입은 들쑥날쑥했고, 수강료를 받지 못하는 달도 생겼다. 궁핍한 느낌이 들었고 생활비와 공과금을 서서히 걱정하게 되었다. 온종일 집에서 벗어나지 못하는 시간도 아이들과 함께하는 시간도 힘들게 다가왔다. 그런 시기에 의논 한마디 없이 어느 날 갑자기 이사하게 되었다.

다시 새로운 환경이다. 어떻게 적응해야 할지 걱정은 되었지만, 적당한 거리두기를 의식적으로 하게 되었다.

태희를 유치원에 데려다주고 작은 아이와 함께하는 조용한 시간을 잠시라도 갖게 되었다. 햇살 가득한 거실의 평온함과 진한 커피 향에 행복을 느끼기도 했다. 더도 말고 지금 정도면 좋겠다는 생각이 들 정도였다.

아이들의 생활도 차분해졌다. 나도 이웃들과 적당한 거리가 편했다. 나의 마음도 조금은 여유로워졌다. 하지만 남편의 사업은 여유가 없었고 더 어려워졌다. 조금씩 돈 걱정을 하게 되었다. 다시 뭐라도 해야 할 것 같았다. 아이와 함께 놀이터에 있어도 아이에게 집중할 수 없었다.

놀이터에서 돌아오는 길에 벼룩시장이 눈에 띄었다. 무심한 듯 벼룩시장 한 부를 집어 들고 집으로 돌아왔다. 모두가 잠든 밤, 구인 광고를 살폈다. 할 수 있는 일이, 나의 시간이 허용되는 일은 많지 않았다. 나는 일주일에 두 번, 하루 3시간 강의하는 학원 강사 일을 시작했다. 다시 아이들 가르치는 일을 하게 되었다.

길어진 오후 시간, 저녁 시간을 각자 보낼 태희와 윤희를 챙기고, 오후에 출근하지만 바쁘다. 정신없이 출근해 3시간 강의하는 일이었지만 쉽지 않았다. 그래도 그 시간이 좋았다. 낯선 공간에서 어른을 만난다는 것, 짧지만 이야기를 할 수 있는 것이 좋았다. 생활에 여유는 없었지만, 전과는 다른 느낌이었다.

공부방에 대한 나의 기억은 좋은 추억은 아니었지만 내게 왔던 '작은 변화'임에는 분명했다. 그 시간의 기억으로 학원 강사를 시작했다. 다시 다람쥐 쳇바퀴 돌듯 하루를 보내게 되었지만 괜찮다는 느낌으로 다가왔다. 실패는 새로운 시도의 도약대라고 했다. 이젠 더 잘할 수 있고, 좋아지고 있다는 느낌이다. 나에 대한 신뢰와 믿음이 생기며 약간의 자신감도 가져본다.

우연한 기회

일상의 큰 변화는 없었다. 학교와 유치원에 아이들을 보내고 난 후 집 안일을 하다 보면, 어느새 아이들이 집으로 돌아올 시간이 되었다. 집에 온 아이들을 간단히 챙기고 난 후, 이번에는 내가 외출 준비를 한다. 일 주일에 2번, 하루 3시간의 학원 강의 수입은 많지 않았지만, 기분 전환 도 되고 괜찮았다. 일하러 가는 것이기는 하지만 외출하는 기분이다. 오 고 가는 버스 안에서의 시간도, 학원 선생님들과 대화도 좋았다. 이번 기 회에 남편이 집안일과 육아에 관심을 좀 가져주었으면 하는 생각도 했 다. 조금씩 집안일도 학원 수업도 적응되어 갔다. 강의는 일주일에 두 번에서 세 번으로 바뀌었다. 오후에 아이들을 집에 두고 나가야 하는 상황이 불편하고 불안했지만, 정말 오랜만에 '나'로서 인정받고 있다는 생각에 괜한 걱정은 하지 않기로 했다.

학원 수업이 거의 끝나갈 무렵 태희의 전화를 받았다. 여간해서는 전화하지 않는데, 마음이 불안했다. 서둘러 전화를 받았다.

"엄마, 나 자전거 타다 넘어졌어."

"어쩌다가. 괜찮아? 다친 데는?"

태희는 보조 바퀴를 뗀 자전거 타는 재미에 흠뻑 빠져있다. 저녁에도 여러 번 불러야 집에 들어오곤 했다.

"아빠도 알아? 아빠는 뭐 하고 있어?"라고 말하면서 목소리가 떨렸다. 태희는 아무렇지도 않게 "차 피하려다 살짝 부딪쳐서 넘어졌어. 다친 데는 없는데 넘어지면서 무릎에 피가 조금 났어. 자동차 아저씨가 괜찮냐고 물었는데 괜찮다고 했어."

"아빠는 뭐라서?"

"응, 아무렇지도 않다고 하니까 알았다고 했어. 무릎에 피가 조금 났어. 그래서 전화했어."

순간 머릿속이 하얘졌다. 생각이 멈춘 듯했다. 아이가 아프지 않다고 하니 알았다고 그냥 놀게 했다는 말에, 그동안 말하지 않아도 아이들의 모습이 어떤 상황인지 짐작이 갔다. 아마도 아무 일 없었던 듯이 남편은 자기 일만 하고 있을 것이다. 만약 상황이 바뀌었다면 대소동이 났어도 여러 번 났을 것이다. "애도 하나 제대로 보지도 못하고 뭐 했냐고. 제대로 할 줄 아는 게 뭐냐고." 마음만 바쁘지 내 마음을 알 리 없는 시간은 천천히 흘렀다.

아이는 아무 일 없었던 것처럼 자고 있었다. 나의 걱정과는 달리 남편은 애들이 놀다가 그럴 수도 있는 일 가지고 괜한 호들갑을 떤다고 했다. 별일 아니니 아무 말도 하지 말라며 오히려 유난 떤다며 나를 나무랐다.

집에 오는 동안 계속 불안했다. 전화 한 통 하지 않은 애들 아빠한테 화도 났다. 오히려 유난 떤다는 그의 말에 말문이 막혔다. 그래도 아무 일 없었던 듯이 편하게 자는 아이를 보니 다행이라는 생각이 들었다.

강사료 입금이 조금씩 늦어지기 시작했다. 원장은 IMF 영향 때문에 불경기라 그렇다며 조금만 기다려 달라고 했다. 못 받는 달도 생겼다. 생활비에 쪼들리기 시작했다. 조금만 기다려 달라는 원장을 믿었다. 받지 못한 강사비를 받을 거란 희망을 버리지 못했다. 불안함 속에서도 학원을 옮기지 않았다. 몇몇 강사는 학원을 옮겼지만, 원장을 믿고 계속 강의했다. 수강생이 줄어든 것도 아니고, 수강료를 체납하는 것도 아닌 것 같았다. 강사료 지급이 차일피일 미뤄지는 것에 의심 가기 시작했다. 여기저기서 의혹의 목소리가 들리기 시작했다. 수업이 끝난 후 해결책을 의논하기 시작했다. 원장 선생님께 직접 얘기도 해보고 노동청에 알아도 봤다. 결론은 "돈을 받을 별 뾰족한 방법이 없다."라는 것이었다.

TV에서나 보던 '노동자들의 임금 체납' 상황을 직접 경험했다. 급여를 받으려고 애쓰는 날들이 이어졌다. 학원 수업이 끝나고 집으로 돌아오는 막차를 기다리며 서 있는 버스정류장, 텅 빈 밤거리에 늦가을 밤바람에 낙엽이 어지럽게 날며 스치고 지나간다.

학원을 그만두었다. 내가 일하는 동안 아이들은 제법 스스로 척척 자기 일을 알아서 했다. 아침 등교 시간이 지나고, 조금 전까지 정신없던 공간에 정적이 흐른다. 오랜만에 혼자만의 여유를 가져본다.

TV 볼륨을 높이고 빠르게 집 청소를 한다. 혼자만의 오전 시간에는 가속도가 붙었는지 너무도 빠르게 지나갔다. 아이들을 데리러 가야 할 시간이다. 아이의 아침을 챙겨 먹이고 학교에 보내고 데려오고 하는 시간이 좋았다. 잠깐이었지만 행복했다. 어느 순간, 이런 여유와 행복이 사치처럼 느껴졌다. 아이들을 보내고 여유 있게 차를 마시며 하루를 시작하던 나는 다시 할 일을 찾기 시작했다.

아이들이 집을 나서고 나면 커피잔을 들고 컴퓨터 앞에 앉았다. 여기저기 널려 있는 옷가지와 개수대에 쌓여 있는 설거지도 잠시 미룬다. 컴퓨터 전원을 켜고 구인 광고를 검색한다. 혹시라도 내가 할 만한 일이 있을까 매일 아침 시간마다 컴퓨터를 켜고 마우스를 바쁘게 움직였다. 아이들이 집에 오기 전에 하나라도 더 찾아보고 싶었다. 내가 할 수 있는 일은 많지 않다. 겉으로는 내색하지 않았으나 시간이 지나면서 조바심은 커졌다. 구인 광고를 검색하는 시간이 많아지고, 하루의 일과로 자리를 잡아가고 있었다. 그날도 컴퓨터를 켜고 구인 광고를 검색했다.

기대는 하지 않았다. 최근 학원 강사 경험으로 방과 후 교사라도 해볼까 하는 마음으로 교육청 사이트를 방문했다. 개학을 한 3월이었다. 중학교 과학 교사 구인 공고가 보였다. 아이들이 집에 돌아오기 전에 이력서를 내려받아 작성하기 시작했다. 오랜만에 해보는 컴퓨터 작업이 어색하고 서툴렀지만, 오직 하나만 생각했다. 다시 일할 곳이 있기를.

아침에 출근하는 직장생활을 시작하게 되었다. 또다시 적응하고 버텨

내야 하는 시간이 기다리고 있겠지만, 다시 시작할 수 있다는 사실 만으로도 충분했다.

다 괜찮다고 생각하면서.

빡빡한 학교생활

급하게 계약서를 썼고 바로 학교생활이 시작되었다. 대학 4학년 때 교생실습이 전부였던 나는, 실습하는 동안 학교생활은 나와 잘 맞지 않는다고 생각했다. 그렇게 4월의 교생 실습이 끝나고 나는 임용고시에 대한 내 생각도 끝냈다. 그런 내가 20년의 세월이 흐른 지금 학교에 근무하겠다고 이력서를 쓰고, 계약서를 썼다. 새 학기가 시작되고 며칠이 지난 시간이었다.

중학교 2학년 담임을 맡았다. 수업은 그런대로 할 만했지만, 학교생활은 쉽지 않았다. 학급운영과 학생 생활지도 및 상담은 생각대로 되지 않았다. 처음 구인 공고를 봤을 땐, 교과목 수업도 업무도 잘해낼 자신감이 있었는데, 학급 분위기도 업무 환경도 낯설고 어색했다. 잘하지는 못해도 못한다는 소리는 듣고 싶지 않았지만 내 생각과 달리 불편했다.

학생들은 탐색하듯 말을 걸어왔다. 처음이라 많은 도움 바란다며 인사했던 선생님으로부터는 "샘은 잠깐 있다가 갈 사람이잖아요?"라는 말로 상처받았다. 나이 많은 내가 불편했던 것일까? 아니면 갑자기 학교 선생님을 하겠다고 불쑥 나타난 내가 싫었던 것일까? 퇴근길의 한 선생님은 "선생님들이 쉽고 편하게 일하는 것 같아요? 생각보다 쉽지 않아요?"라는 말을 했다. "그 나이에 일하는 걸 보면 무슨 사연이 있을 것 같네요." 라는 말로 루저 등급을 매기는 듯했다. 어쨌든 현실은 생각과 달랐다.

새 학기 준비 없이 3월 4일 개학하고, 처음 학교생활이 바로 시작되었다. 담임 업무를 하면서 모르는 것은 옆자리 선생님께 물어봤다. 모두가 바쁜 3월, 준비 없이 업무를 맡아 함께하게 된 내가 눈치 보였다.

집에서도 학교에서도 다시 바뀐 힘든 시간이 반복되었다. 힘들었다. 나는 슈퍼맨이 아닌데, 그때부터 하루 2번, 전혀 다른 시간을 집과 학교에서 보냈다. 어떻게든 견디고 버텼다. 환경에 익숙해지고 잘해내려고 시간과 노력을 쏟았다. 자연스럽게 계절이 바뀌어 가듯 집안일도 학교 일도 조금씩 익숙해졌다. 서서히 업무에 적응되었다. 학생들이 한 명씩 눈에 들어오기 시작했다.

긴장되었다. 처음 2학년 5반 교실에 들어섰을 때 학생들의 첫 느낌, 다루기 힘든 학생들이 보였다. 나의 편견일 수도 있겠지만 어른스러운 외모에 학교생활엔 관심 없어 보였다. 처음부터 눈에 띄는 학생이 몇 있었지만, 학기 초라 그런지 조용히 잘 지내주었다. 어느 정도 학교생활에 적응하고 나서 개인 상담을 시작했다. 개인 상담이라고 했지만, 새 학기 계획과 진로, 공부는 어떻게 하고 있는지를 물었다. 모든 시기가 중요하지 않은 때가 없지만 그중에서도 지금, 중학교 2학년이 가장 중요한 시기이다. 생활 계획표 만들어 보자고 했다. 이미 계획을 세운 학생은 계획을 잘 실천할 수 있도록 말해주고, 아직 계획을 세우지 못한 학생은 함께 이야기하며 계획을 세웠다. 그렇게 학생들과 얘기하며 한 학년 잘 지내자고 약속했다. 그리고 언제든지 담임선생님의 도움이 필요하거나, 질문이 있거나, 부탁할 사항이 있으면 편하게 얘기해 달라고 했다. 한 명씩 이야기를 나누면서 학생들에 대한 나의 첫인상은 많이 달라졌다. 힘들고 마음 아픈 학생들이 보였다.

생각이 많아졌다. 보살핌을 받지 못한 아이들의 불안한 마음이 거친 언어와 무례한 행동으로 나타나는 것 같았다.

지금은 무상급식에 무상교육이지만, 처음 학교생활을 시작할 2008년만 해도 급식비를 내고 점심을 먹어야 했다. 다음 학년으로 진급하기 위해서는 밀린 교육비 정산도 해야 했다. 학년말에 진급 사정안 작성할 때는 미납금이 있는 학생은 담임이 직접 부모님께 전화를 걸어 정산일을 확답받는 일도 했다.

2002년 월드컵으로 나라의 위상은 높아졌지만 내가 근무하고 있는 학교에는 경제적, 정서적으로 어려운 학생들이 많았다. 빈곤이 불만과 나태, 무기력과 무감각들로 나타났다. 한차례 심한 몸살을 앓았다.

나는 나를 믿었다. 내가 생각하는 미래를 위해, 견디는 용기와 참을성이 많은, 스스로 정신력 강한 사람이라고 생각했다. 하루에도 몇 번씩 황당한 사건 사고들이 발생했다. 평온한 하루가 시작될 것 같은 날에도 특별한 일이 발생하곤 했다.

그날도 시작은 좋았다. 매번 지각하는 학생에게 좀 일찍 다니라고 했다. "지난번 얘기할 때 시간 관리 잘하기로 약속했지?"라고 말하며 교실을 나왔다. 그렇게 조회를 마치고 막 계단을 올라가려는데 한 학생이 달려왔다.

"선생님, 지민이 손에서 피 나요."

순식간에 일어났다. 조회가 끝날 때쯤 해서 들어오는 지민에게 일찍 다니라고 했다. 그게 전부였다. 지민은 자신을 가만두지 않고, 뭔데 간섭이냐며 벽에 주먹질하고 있었다. 피가 보이는데도 멈추지 않았다. 주변은 조용했고, 겁에 질린 반 학생들은 보고만 있었다. 갑작스러운 상황에 나도 겁이 났다. 달려온 선생님들의 도움을 받아 학생을 진정시키고 인근 병원에 데리고 갔다. 지민의 손은 생각보다 많이 다쳤다. 입원해야 했다. 어머니는 퇴근하고 들리겠다고 했다. 전화 목소리가 떨리는 것이 느껴졌다.

지민은 평소에도 분노 조절이 안 되어 집에서도 자주 폭력적이라고 했다. 병원 치료를 받고 있고, 꾸준히 약 복용을 하고 있는데 요즘 며칠 약을 잘 안 먹었다고 했다. "오늘도 그냥 나가기에 약 먹고 가라고 했는데…."라며 오히려 놀라게 해 드려 죄송하다고 말했다. 학교생활 첫 학부모와의 만남이었다.

오늘도 나는 학생 생활 인권부 상담실에 학부모, 학년부장, 학생부장, 학교 폭력 담당자 선생님들과 함께 있다. 고등학교 1학기 1차 지필 시험 기간이고, 코로나로 오전, 오후로 나뉘어 등교하여 시험을 보고 있다. 1

학년은 오전에 시험을 끝내고 모두 집으로 돌아간 시간이다. 학부모와의 이야기는 자꾸 길어진다. 어떻게 된 일인지 처음 시작할 때나 15년이 되는 지금도 아이들은 항상 새롭고 낯설다. 조금은 익숙해져 여유가 있을 만도 한데, 아직도 할 일과 배워야 할 일들이 계속된다.

나는 다음 시험감독이 있어 먼저 일어났다. 상담실을 나오면서 매번 비슷하게 반복되는 이 시간의 흐름을 생각해본다. 모든 삶은 흐른다. 비슷한 상황 속, 이렇게 흐르는 시간도 다 지나는 삶의 한 부분으로 남을 것이라는 생각. 이 또한 잘 지나갈 것이라고 마음속 주문을 외워본다.

새처럼 나도 날고 싶다

사람들은 오리도 날 수 있다는 것을 잘 모르는 것 같다. 물 위에 몸을 맡긴 채 떠다니는 오리가 날아오르는 모습을 보여주지 않았으니까. 산책 길에서 우연히 오리가 날아오르는 모습을 보기 전까지는 나도 그렇게 생각했다.

언젠가 아프리카 박물관에서 조각 작품들을 본 적이 있다. 영화 〈블랙 팬서〉에 등장하는 가면들이 그곳에 있었다. 다양한 가면들이 조용히 숨 쉬면서 우리를 지켜보며 얘기하는 듯한 분위기를 느꼈었다. 자신들의 세계를 지키기 위해 혼연일체가 되었을 얼굴을 떠올려 보았다. 상상만으로는 알 수 없는 괴기스러운 모습. 신비로운 분위기로 말을 걸어오는 것 같았다. 나의 모습과는 다른 가면을 쓰고 살아가는, 알 수 없는 수많은 소리가 들리는 것 같았다. 얼떨떨한 기분으로 잠시 혼란스러웠다.

4월도 다 지나가고 있었다. 밖으로 나와 하늘을 올려다보았다. 잔뜩 흐린 하늘 위를 새 한 마리가 날고 있다. 짙은 초록 풀냄새와 진한 꽃향기 가득한 봄날이 조용히 지나가고 있었다. 불편했다. 아무렇지도 않은 척, 모른 척 애써 외면해 보지만, 어떻게 해야 할지 모르겠다.

"샘, 중등 정교사 1급 자격연수 취소하실 거예요? 그럼, 시간 되실 때 내려오셔서 서류 하나 작성해 주세요."

10년 넘게 학교생활을 했지만, 비정규직 이력서의 내 중등 정교사 자격증은 2급이다.

몇 년 전부터 1급 자격연수를 받을 수 있다는 공문이 공람되었다. 관련 부서에서는 자격연수 희망 여부를 직접 물어오기도 했다. 2급이나 1급에 별 관심이 없었다. 그러다 문득 이왕이면 1급 자격연수를 받고 싶다는 생각이 들었다. 공문을 보고 서류를 준비하기 시작했다.

준비서류가 만만치 않았다. 해마다 근무지가 바뀌다 보니 교사 생활

횟수만큼 근무한 학교 수도 거의 비슷했다. 같은 경기지역에서도 타 시도 사립중고에서의 근무 경력은 해당 지역 교육지원청에서 발급한 경력증명서가 필요하다고 한다. 국공립 중고 근무 경력은 과목이 명시된 해당 학교 발급 경력증명서가 필요하다고 하고. 그렇게 필요한 내용을 확인하고 팩스 민원을 신청하고 서류를 받아 정리했다. 그러다 문득 '내가 지금 이걸 왜 하지?'라는 생각이 들었다. 서류 정리를 멈췄다.

온라인 수업과 등교 수업이 병행되면서 학생 관리가 더 어려워지고 평가도 쉽지 않아졌다. 담임 업무는 언제나 나쁘지 않다고 생각하면서 일했다. 일당백을 하는 학생이 나를 힘들고 지치게 하기도 하지만 나의 자존감뿐만 아니라 교실에 들어오는 다른 선생님들과의 불협화음 또한 만만치 않았다. 학생 지도가 불편하고 힘들어졌다. 이제껏 잘 견디고 버텼다고 생각했는데 더는 하고 싶지 않아졌다. 그냥 지금까지 해 온 것만큼만 하자는 생각이 들었다. 열심히 해도 나는 잠깐 머물다 가는 사람이라는 생각. 그 말이 다시 떠올랐다.

서류를 준비하던 나는 담당 부서에 "개인적인 사유로 취소한다."라는 내용의 서류를 제출했다. 지금은 1급 자격증의 문제가 아니라 내 마음이 문제였다.

학교는 3월 개학부터 다음 해 2월 말까지가 1년 학사일정이다. 보통은 학기별로 계약을 하거나 1년 단위로 계약했다. 하지만 지금 다니고 있는 이곳은 10개월 계약조건으로 근무를 시작했다. 10개월, 12월까지가 계약 기간이다. 교과교사, 담임교사로 학년말 업무를 12월 말까지 마무리해야 했다. 업무부서의 전체적인 일정에 따라 마무리 작업을 하고 있지만, 다음 해 1, 2월의 시간이 남아 있는 선생님들에 비해 부담스러웠다. 예기치 못했던 코로나로 학사일정에 많은 변동이 생기다 보니 마무리 작업도 쉽지 않았다. 예민해졌다.

접촉 사고를 냈다. 이른 아침 여유 있는 주차장에서 멀쩡히 주차되어 있는 차를 들이받았다. '쿵' 하고 부딪치는 소리가 났지만 느낌이 없었다. 그 소리를 들으면서도 후진했고 다시 '쿵!' 소리가 들렸다. 정신없는 학년 말이다. 시간에 조금의 여유가 있었으면 좋겠다고 생각할 때쯤, 다시 2개월 계약 연장을 했다. 시간 여유가 생겼지만 무엇을 해야 할지 이번엔 일이 손에 잡히지 않았다. 그리고 또다시 1년 계약을 연장하고 새 학년을 맞이했다.

봄기운 가득한 교정을 걷고 있다. 건물 앞의 목련은 꽃잎을 다 떨구고 잎이 돋아나고 있다. 건물 뒤를 돌아가니 며칠 전만 해도 꽃망울조차 잘 보이지 않던 목련이 오늘은 싱싱한 꽃망울에, 탐스러운 꽃을 피워내고 있었다.

봄에 피는 꽃들도 동시에 피고 지는 것은 아니다. 봄에만 꽃이 피는 것도 아니다. 늦은 가을에 피는 꽃도 많다. 같은 꽃들도 뿌리내린 곳이 다르면 꽃피우는 시간이 다르지 않은가? 더 늦지 않게 내 꽃을 피울 나의 모습을 상상해 본다.

고개 돌려 하늘을 보니 구름 한 점 없는 하늘, 날개를 활짝 편 새가 날고 있다. 물 위로 오리들이 날아오르던 풍경이 겹친다.

물오리는 날지 못한다고, 나는 것을 본 적 없는 나는 단정했다. 날개는 있으나 용불용설이라는 진화론까지 생각해내며 퇴화했다 생각했다. 하지만 한 무리의 오리 떼들이 날아오르던 모습을 보면서 나의 편견을 바로 잡았다.

나 또한 편견으로 나를 바라보고 있는 것은 아닌지 돌아본다. 오늘과 똑같은 내일은 없다. 나의 마음에도 날개를 달아본다. 날개를 펼치고 비상하는 나의 모습을 그려본다.

빨간 머리 앤을 생각하며 토끼풀 꽃반지를 만듭니다

내가 나를 위하지 않으면 누가 나를 위해 줄 것인가? 이제는 나를 위한 나만의 시간을 많이 가져보려고 한다. '다른 모습과 달라진 일상'의 새로운 '나'로 살고 싶다. 몸과 마음의 에너지가 필요한 시간이다.

윤희와 일요일 아침마다 가볍게 등산하고 늦은 아침 먹는 것이 좋다. 오늘도 평소처럼 산에서 내려와 갈비탕을 한 그릇씩 먹었다. 기분 좋게 먹고 계산하려는데 계산하는 직원이 카드를 기계에 넣다 빼기를 반복하며 고개를 갸우뚱한다. 결제가 안 된다고 한다. 나는 체크카드의 잔액을 확인했으니 다시 해보라고 했다. 결국 윤희가 결제했다. 그러면서도 전혀 생각하지 못했다. 카드 사용이 법원의 추심 명령에 따라 중지되었다는 사실을. 아직도 해결되지 않은 문제들이 남아 있음을 다시 또 확인한 순간이었다.

아이들은 이제 엄마의 소소한 보살핌의 손길이 필요한 나이는 아니지만 아직은 학생이다. 아이들에게 든든한 울타리가 되어주고 싶다. 갈비탕 한 그릇 결제도 쉽지 않고, 신용카드 한 장 없지만 나는 애써 웃어 보였다. 아직도 나는 채권추심회사의 우편물이 겁난다. 오늘처럼 체크카드마저 사용이 안 되는 상황이 미안하고 부끄러웠다.

내가 신용불량자가 될 것이라곤 상상하지 못했다. 어느 누가 자신의 삶을 예측할 수 있겠는가? 그냥 하루하루 열심히 살면 될 줄 알았다. 지금 누군가가 내 삶의 가치 우선순위를 정해보라고 한다면 나는 망설임 없이 '경제적 안정'을 얘기할 것이다. 자주는 아니어도 밥 한 끼 정도는 걱정 없이 먹고 싶은 것 먹을 수 있어야 하지 않겠는가. 당장 해결해야 하는 문제도 채무변제다. 어쨌든 돈, 돈 하지 말라고 했는데, 최소한의 하고 싶은 일도 가로막힌 상황이다. 이러한 현실이 나를 왜소하게 만들고 천천히 겁쟁이로 만들어가고 있었다. 그래도 나름 잘 견디고 있고 잘 버티고 있다고 생각해 왔는데 오늘 또다시 헛웃음을 쳤다.

언젠가 나의 이야기를 들은 언니는 "너, 참 대단하다."라고 말했지만 난 참 오랫동안 바보처럼 살았다는 생각을 지울 수가 없었다.

난 참 바보였다. 무엇을 물어봐도 "신경 쓰지 마. 알아서 할게."라는 말을 하는 남편을 믿었다. 바깥일은 한마디도 하지 않는 남편을 향해 이런 저런 얘기가 부담될까 봐 오히려 말을 아꼈다. 양가 부모님들도 애들 아빠의 근황을 모르기는 마찬가지였다. 가끔은 내게 근황을 물어도 나 또한 할 얘기가 없었다.

"저도 몰라요. 알아서 한다고, 말도 못 하게 하니 알아서 하겠지요."라는 말을 할 뿐이었다. 나도 답답하고 궁금했다. 어쩌다 근황을 물어보려고 하지만 말을 꺼내기가 무색했다. 그러면서도 '신경 쓰지 말라'고 하는 말을 믿고 싶었고, 신경 쓰이는 일만큼은 생기지 않았으면 하는 마음도 있었다.

적극적으로 다시 일을 찾고, 일해야만 했다. 내가 알지 못했고 해결되지 않은 문제가 내 이름의 우편물로 배달되었다. 낯선 번호로 전화가 왔다. 나도 모르게 한숨을 쉬며 두근거리는 가슴을 쓸어내렸다. 마음이 불편하고 감정이 예민해졌다. 이 상황이 빨리 해결되기를 바랐다. 지금의 나는 내가 아닌 것 같았다. 낯설었다. 이 시간이 지나가기를 바랐다. 지금, 이 순간이 지나고 나면 모든 게 제자리로 돌아와 있을 것만 같았다. 한여름 밤의 꿈처럼 잠깐 스쳐 지나가는 순간일 뿐이라고 주문을 외웠다.

오랜만에 하는 직장생활은 낯설었다. 빨리 적응하는 일이 우선이었다. 시간이 지나면서 조금씩 적응되었다. 직장은 나의 필요충분조건은 아니지만, 필요조건이다. 약간의 불편은 아무렇지도 않았다. 하지만 오늘처럼 예기치 못한 일이 생기면 평정심 갖기가 쉽지 않다. 얼굴은 웃었지만 내 마음은 울었다. 그나마 급여통장 대신 다른 체크카드가 사용 정지된 것이 다행이라 생각했다. 이 불편한 감정을 깊숙이 묻을 수만 있다면 깊은 곳에 감춰버리고 싶었다. 착잡하고 심란한 속마음을 들키지 않으려고 유난하게 수다 떨며 웃었다.

"죽을 만큼 힘들지 않으면 그냥 괜찮다."라는 말을 위안 삼으며 이 또한 다 지나갈 것이라고 의식적으로 매일 내게 주문을 거는 날들이 계속되었다.

시간이 약이라는 말을 믿는다. 이젠 제법 아이들이 엄마를 걱정한다. 해마다 바뀌는 낯선 환경에 몸도 마음도 힘들었던 시간도 이제는 어느 정도 익숙해지고 있다.

계절이 바뀌듯 내 생각도 바뀐 것일까? 아니면 바뀐 것이라고 믿는 것일까? 자연스럽게 모든 변화를 받아들인다. 기지개를 크게 켜며 자리에서 일어나, 의식적으로 힘주어 걷는다. 점심을 먹고 나른한 오후, 노천극장 양옆 넓은 화단에 건강하게 자란 보라색 토끼풀 속에서 〈빨간 머리 앤〉의 주인공 앤의 소리가 들리는 듯하다.

"인생은 가장 캄캄한 곳에 선물을 숨기기도 하네요."라며 앤이 활짝 웃으며 나를 향해 손을 내미는 것 같다.

〈빨간 머리 앤〉에서 앤이 보라색 토끼풀 가득 피어난 언덕을 내달리던 모습이 떠올랐다. 어린 앤도 자기가 원하는 삶을 살아냈는데…. 나도 내가 원하는 삶을 한 번쯤은 살아봐야 하지 않을까 하는 생각을 해본다. 앤이 달리던 그 너른 언덕은 아니지만, 지금 이곳에도 보라색 키 큰 토끼풀꽃이 꽃밭 가득하다.

토종 토끼풀과 다르게 키도 크고 성장 속도도 빠르다. 매번 잘라내도 쑥쑥 자라는 보라색 토끼풀꽃을 본다. 설렘과 희망이 가득하다. 노천극장 주변을 가득 메운 토끼풀 하나에 내 꿈을 담아 보라색 꿈을 엮는다. 보라색 꿈, 꽃반지를 내 손에 끼워본다. 이제 내 손에 쥐어진 나의 꿈을 놓치지 않으리라 다짐해 보면서 꽃반지가 끼워진 손을 본다. 어디선가

쉼 없이 지저귀는 새소리와 함께 기분 좋은 앤의 소리가 들리는 듯하다.

아직 내게 남은 선물을 찾아야 하지 않겠냐며….

나는 그냥 지금이 참 좋다

요즘 윤여정 배우가 대세다. 인생에서 나이는 단지 숫자에 불과하다고, 늙어도 자신 있게 행복하게 즐거운 삶을 살아야 한다고 한다.

"톱스타 한예슬보다 70대 여배우?…시니어 모델." "닥스는 화보 모델로 20~30대를 주로 기용했는데 이번에 60대인 이 씨로 교체." "인생은 70부터라는 말이 실감 날 정도." 요즘 활동하는 시니어들의 기사가 많다. 활동적 노년, 신 노년 인류라며 행동하는 시니어들을 언급한다.

드라마 〈나빌레라〉에는 일흔 살에 발레를 시작하는 노인이 나온다. 주인공인 70대 노인 덕출은 어릴 적 간직했던 발레에 대한 꿈을 향해 나아가기로 한다. 무용수가 되기에는 너무 늦었다는 것도 알고 있다. 하지만 발레가 왜 하고 싶냐는 질문에 "죽기 전에 나도 한 번은 날아오르고 싶어서."라며 마지막으로 오래된 꿈을 향한 모습을 보여준다. 70대의 발레리노는 온갖 편견에도 불구하고 꿋꿋하게 나아간다. 방황하고 힘들어하는 20대의 젊은이 채록의 마음을 다독이고 응원하며 함께 한다. 여기저기서 시니어들의 이야기가 변하고 있다는 것을 실감하는 요즘이다.

코로나19는 재앙이지만 나를 돌아보게 한 시간이기도 했다. 재택근무와 온라인 업무 환경이 처음엔 서툴고 두렵고 불안했다. 조금 익숙해지자 시간과 장소가 주는 여유가 나쁘지 않았다. 온라인 공간엔 나와 비슷한 생각을 하는 사람들이 많았다. 편했다. 그동안 내가 우물 안 개구리였다는 생각이 들었다. 너무도 열심히 자신의 삶을 사는 사람들의 모습을 본다. 비대면 온라인 만남이지만 화면 속의 사람들에서 동질감을 느꼈다. 다양한 연령대의 사람들과 같은 관심사로 모니터를 공유하는 현실은 상상도 하지 못했다. 신선한 충격이었다.
미래를 상상해 보고 싶은 이유가 생겨났다.

언젠가 윤희와 통일로를 지나다 길 따라 주욱 서서, 잎이 하나도 달리지 않은 채 작은 가지들이 모두 잘린 굵은 플라타너스를 보았다.

"나무들이 말굽자석들 같아. 그런데도 너무 멋진데."라고 말을 했다.

"그래? 엄마, 요즘 애들은 말굽자석이라고 하면 잘 몰라. 네오디뮴자석을 많이 쓰는데."

"그래도 초등학교 교과서에는 기본적인 자석들이 나오지 않을까?"

"아니야, 요즘은 학교에서 안 가르치는 것 같던데. 음~ 세대 차이."라며 웃었다.

이제 막 고등학교를 졸업한 윤희는 요즘 초등학생들이 하는 말에서 세대 차이를 느낀다고 했다. 그럼 난 어쩌라고?

처음 실험 수업을 할 때의 내 모습이 생각났다. 명색이 과학 선생님인데 네오디뮴자석이 생소했다. 그렇게 새로운 낯선 환경을 마주하며 학교생활을 시작했고 지금까지 계속 이어졌다. 중학교 생활에 겨우 익숙해질 무렵 고등학교로 가게 되었을 때의 기억도 생각났다. 거절할 처지가 아니었으나, 겁이 났다. 또다시 새로운 환경에 적응해야 하는 부담도 컸다. 그래도 나를 생각해서 추천해준 선생님을 생각하며 직접 교장 선생님께 전화를 드렸었다.

"너무 오랫동안 공부를 안 해서 고등학교 수업은 못할 것 같습니다. 죄송합니다."라는 말이 자연스럽게 나왔었다. 그래도 한번 들러달라는 말에 약속 시간을 잡았고, 이야기를 나누고 교장실을 나올 때는 새 학기에 대한 부담과 설렘을 안고 나왔다. '한번 해보지, 뭐.'라는 자신감이 묵직하게 느껴졌다.

집으로 돌아오면서 나는 다음 해의 일자리를 구하는 번거로움을 덜고 미리 일할 곳이 생긴 것에 안심했다. 그리고 모든 것이 새로운 도전이었듯이 이번에도 잘해낼 수 있을 거라고 믿었다.

고등학교에서의 새 학기가 시작되었다. 처음이라는 긴장감과 함께 알맞은 속도로 또 다른 환경에 적응하고 있었다. 바뀐 교육과정을 살피고 따라가느라 쉬는 시간에도 제대로 쉬지 못했다. 오랜만에 화학 수업을 하니 공부해야 할 것이 많았다. 문제를 풀고 참고서를 보면서 공부했다. 쉬는 시간 10분은 내겐 너무나 소중한 시간이었다. 가끔은 학생의 질문에 답을 해주지 못하는 일도 있었다. 부끄럽지만 확실한 답을 모를 때는 다음 시간에 확인하고 답을 해주겠다고 하는 일도 있었다. 학생들은 그런 나를 이해해 주었고 기다려줬다. 확실히 중학교와는 수업 분위기 자체가 달랐다. 고등학교의 낯섦은 익숙함으로, 설렘으로 이어졌다.

첫차를 타고 출근해서 막차를 타고 퇴근하는 일상으로 몸은 피곤했다. 해야 할 공부도 많았다. 하지만 기분만은 이 일을 시작하고 처음으로 '일의 즐거움'이라는 것을 알게 되었다. 수업이 모두 끝나고 저녁을 먹고 다시 야간자율학습을 하는 학생들과 함께하는 시간도 좋았다. 이 순간들이 오래가지 못함을 알지만, 지금 이곳에 있는 내가 좋았다. 익숙해질 만하면 새로운 과제처럼 등장하는 변화를 이제는 덤덤하게 받아들이지만, 이 시간을 붙잡고 싶은 욕심이 생기기도 했다.

코로나19로 온라인 수업과 재택근무로 어수선하고 적응이 잘되지 않아 불편해할 때 "너는 괜찮니?"라고 사람들이 내게 물어왔다.

"뭐가?"

"그냥, 그렇지 뭐."라고 답을 하면서도 매번 새로운 환경에 적응하며 살아온 나는 "그래도 괜찮지는 않은데, 안 괜찮으면 또 어떡해."라며 나도 모를 말을 아무렇지도 않게 했다.

이제 곧 환갑을 바라보는 나이다. 〈나빌레라〉에서 70대의 덕출이 발레를 시작했듯이, 나 또한 새로운 도전을 시도해 본다.

100세 시대, 영원한 현역으로 세상을 살아가고 싶은 욕심을 부려 본다. 이제는 붙잡고 싶은 순간이 나의 욕심으로 남지 않았으면 한다. 글쓰기를 시작했다. 이번엔 내가 원해서 시작한 일이다. 그래서일까? 주변의 걱정에도 불구하고 나는 지금 그냥 참 좋다. 누가 물어와도 "응, 괜찮아!!"를 편하게 말한다.

아름다운 상처란 없습니다

오전에 내리던 비가 그쳤다. 덥지도 춥지도 않다. 파란 하늘을 배경으로 하얀 구름이 기분 좋은 날씨다. 어디론가 떠나고 싶다. 마음이 설렌다. 이런 날에는 가끔 일탈하고 싶은 마음이다.

이른 점심을 먹고 자리에 와보니 반 아이들이 만든 떡이 메모와 함께 책상에 놓여 있었다. 점심을 먹었지만, 메모를 읽으며 떡 하나 집어 들고 옆자리 샘과 산책을 하러 갔다. 떡 때문인지 이런저런 먹거리를 화제로 얘기했다. 계절은 봄인데 비가 그친 오후라 그런지 가을처럼 높고 푸른 하늘이 햇살 좋은 가을 분위기다. 이런 날씨엔 어딘가로 떠나고 싶은 설렘이 있다고 얘기하자, 함께 걷던 짝꿍이 갑자기 공개 선언을 하겠다고 나섰다.

"6월부터 급식을 안 먹기로 했어요. 몸을 좀 만들려고 해요. 여름방학 때 서핑을 배우려고 예약을 해뒀는데 그 전에 기본적인 몸을 만들고 싶어서요."라고 한다.

대화는 자연스럽게 먹거리에서 다이어트로, 그리고 서핑으로 바뀌었다. 퇴직 후 농사를 짓고 싶다는 그녀는 강원도에 있는 농가를 요즘도 주말을 이용해 자주 다닌다고 했다. 여름방학엔 그 농가에서 머물며 서핑 강습을 받으며 파도를 타고 싶다고 했다.

여름 바다의 뜨거운 열기와 에너지를 파도에 몸을 맡기며 바다와 하나가 되는 서퍼, 그들의 서핑하는 모습은 보는 것만으로도 멋진 풍경이다. 서핑 장면이 인상 깊었던 영화로 이어졌다. 영화 〈폭풍 속으로〉의 마지막 장면은, 오래되었지만 아직도 기억에 생생한 감동으로 남아 있다. 앞뒤 이야기의 전개는 잘 기억나지 않는다. 다만, 50년 만에 오는 파도를 기다리는 서퍼와 그를 쫓는 보안관, 밀려오는 파도를 기다리는 서퍼와 오랫동안 쫓던 사람을 파도 너머로 그냥 보내주던 보안관의 모습. 그들은 서로 무엇을 느꼈던 것일까? 알 수는 없는 뭉클함으로 거대하게 밀려오는 파도를 바라보던 모습. 그런 서핑은 아니지만, 더 나이가 들기 전에 자신의 버킷리스트 중 하나를 이번 여름에는 꼭 실천할 계획이란다.

퇴근길에도 눈부신 햇살과 구름 한 점 없는 파란 하늘의 한여름 바닷가의 서핑 애호가들의 모습이 자꾸 떠올랐다. 나도 버킷리스트가 있었는데, 이젠 무엇을 하고 싶은지, 하고 싶은 것이 있기나 한지 생각이 나지 않는다. 삶이 나를 무디게 했다고 핑계를 대보지만, 기억나지 않는 나의 꿈이 5월의 신록만큼이나 나를 슬프게 했다. 하루에도 몇 번씩 변화무쌍한 기온을 경험하는 시간, 앞으로 어떻게 살아야 잘 산다고 할 수 있는지 나의 버킷리스트를 고민해 본다. 현재를 충실히 살라고 하지만 그 현재인 지금이 불안하고 불편한데, 어떻게 일상의 편함을 추구해야 할지 집에 오는 내내 많은 생각들이 쉽게 정리되지 않았다.

집에 돌아와 아침에 닫았던 앞뒤 베란다 문을 모두 열었다. 시원한 바람이 집안을 한 바퀴 돌아 나간다. 바람이 불어오는 곳을 보니 자전거도로를 따라 걷는 사람들이 보인다.

저녁 설거지를 하고, 책을 반납하러 도서관으로 향했다. 봄밤의 냄새가 기분 좋게 코끝에 스민다. 무인 책 반납기에 책을 밀어 넣고 나오면서 하늘을 봤다. 보름달처럼 크고 둥근 달이 보인다. 조용히 노래를 부르던 은샘이 생각났다. 퇴근길의 그녀는 오늘처럼 둥근달을 올려다보며 내가 알지 못하는 중국어로 말을 했다. "저 달은 내 맘을 알고…." 내가 무슨 말인지 몰라 고개를 갸우뚱하자 영화 〈첨밀밀〉을 아느냐고 물었다. 안다고 하자 영화에 나오는 노래 가사라며 노래를 불렀었다. 흥얼거리는 그녀의 멜로디에 영화 장면이 조금씩 생각났다.

교정에 어둠이 내리고 있었고 찬바람에 낙엽이 가로등 불빛과 달빛에 반짝이며 허공을 날아오르던 퇴근길. 유난히 둥근 보름달을 올려다보며 은샘의 노래와 함께 천천히 발걸음을 옮기던 기억이 떠올랐다. 잠시 발걸음을 멈추고 도서관 앞마당에 서서 달을 올려보았다. 그날의 그 달이 아닐 텐데도 둥근 보름달을 볼 때면 가끔 그녀가 떠오른다.

그녀가 가끔 생각나는 것은 아마도 아무렇지도 않게 자신의 이야기를 했던 저녁 식사 시간 때문인 것 같았다. 저녁을 먹으러 가던 길에 만난 학생들의 무례한 행동에 자신은 '21년 동안 감옥생활'을 하고 있어 별로 신경 쓰이지 않는다고 한 말. 그 말을 이해할 수 없어 이렇다 저렇다 얘기 없이 침묵했지만, 그녀의 이야기를 듣고는 조금은 이해할 수 있을 것 같기도 했다.

세심하고 따뜻하고 배려심 많은 그녀가 얼마나 힘들고 아팠을까? 오랫동안 견뎌왔을 그녀를 생각하니 남의 일 같아 보이지 않았다. 가족이라는 관계에서의 문제를 어떻게 말할 수 있을까? 누군가 한 사람이 희생하는 것은 너무 잔인하다는 생각이 들었다. 나를 돌아보니, 나 또한 크게 다르지 않았다는 생각이 들었다. 어쩌면 비슷한 무게의 문제로 서로의 얘기에 공감이 갔는지도 모르겠다. 그렇게 서로의 이야기며 앞으로 하고 싶은 일들을 두서없이 말했던 것 같다. 그녀는 여행하는 삶을 살고 싶어 했고 지금도 마음이 복잡하고 힘들면 혼자만의 여행을 다녀온다고 했다.

서핑을 계획하는 여자와 자유로운 여행을 꿈꾸는 그녀들이 생각나는 달밤이다. 유독 밝은 달을 보며 떠오르는 생각, 누구도 아픔을 아름다운 상처라는 말로 포장하지 말았으면 하는 생각을 해본다. 아픔은 아픈 상처이지, 결코 아름다운 상처는 아니지 않은가? 다만 상처가 아물면서 더 단단해지는 자신을 만들어가는 사람이 있는 것일 뿐이라고 생각한다.

나의 버킷리스트를 떠올려본다. 매 순간이 아름답고 행복한 시간은 아니었지만, 나의 힘들었던 시간도 헛되지 않았으면 한다. 그 시간을 디딤돌 삼아 단단하고 풍요로운 삶을 계획하고 좋은 기억으로 남았으면 하는 희망도 가져본다.

제3장

모든 일은 마음먹기 나름

기간제 교사도 교사입니다

"잘 다녀오셨어요?" 중앙 현관에서 등교하는 학생들을 맞이하고 있는 교감 선생님께 인사를 했다. "네."라는 답변을 들으며 계단을 막 오르려 하는데 "결과는 빠르면 이번 주 금요일쯤에 나올 거예요. 늦어도 다음 주 월요일에는 결과가 나올 겁니다."라고 한다.

"네, 알겠습니다." 하고 올라가려다 말고 다시 내려왔다. 어제 학생 징계 조정위원회 재심 상황이 궁금했다.

교감 선생님은 어제 오후 "2시 30분에 출장입니다. 16시에 복교 예정입니다. 참고하세요."라는 전체 메시지를 띄우고 우리 반 학생, 민수의 재심에 다녀왔다. 교육청은 학교에서 가까웠고 3시에 시작되는 위원회는 한 시간 정도면 끝나지 않을까 하는 생각을 했던 것 같았다. 하지만 위원회에 참석했던 교감 선생님은 5시가 넘어서 겨우 끝났다고 했다. 항상 웃는 모습으로 학생들을 맞이하던 평소 모습과는 다른 아침이었다. 커피 믹스를 마시는 모습이 피곤해 보였다. 등교하는 학생들을 피해 한쪽으로 자리를 옮겼다. 어제 교육청에 다녀온 이야기를 물어봤다.

"학교 선생님에 대한 예우는 그렇다 하더라도 위원회에 참석한 젊은 변호사가 학생이 이렇게 반성하는데… 왜 학교에서….'라며 어제 오후에 있었던 위원회 상황을 얘기했다. 더 말하고 싶지 않은지 교감 선생님은 말꼬리를 흐리며 종이컵에 남아 있던 커피를 마시곤 아무 말 없이 종이컵을 움켜쥐었다.

직접 경험해보지 않았으면 몰랐을 것이다. 처음 민수의 황당함으로 교감 선생님을 찾아갔을 때 교감 선생님은 웃으면서 학생과 얘기 잘해보라고 말했다. 하지만 계속되는 일탈에 상담 선생님께 상담도 의뢰하고 학생부장 샘께 도움도 청했다. 모두가 더 할 수 있는 일이 없다고 했다. 교감 선생님께 직접 상황을 설명했고, 교감 선생님은 직접 민수를 만나 지도해 보겠다고 했다. 처음 한두 번 만나서 이야기할 때는 좋아 보였다.

말을 잘 듣고 달라질 것 같은 생각이 들기도 했을 것이다. 하지만 그때 뿐, 달라지지 않았다. 그랬기에 그곳에서 교감 선생님의 기분이 어떠했을지 짐작이 갔다. 온라인 수업 불참으로 학생이 전화를 받지 않아 어머니께 연락을 드렸었다. 부모님 또한 아들의 거친 행동을 감당하지 못하고 병원에 입원해 있다고 연락해도 알 수 없다는 말만 했다. 민수는 여러 차례 주의와 경고에도 불구하고 문제행동을 계속했다. 교내에서 내리는 경고는 별 효과도 없었다. 습관적인 반성만 있을 뿐, 행동의 변화는 없었다. 계속 반복되는 무례한 행동과 이기적인 학급 생활 태도는 학급 분위기에 안 좋은 영향을 미쳤다. 수업하는 선생님들과의 마찰도 자주 발생했다. 심지어 음악 선생님은 학생으로부터 피해 교원 보호조치가 내려졌다.

오랜만에 눈부신 아침 햇살과 구름이 기분 좋은 출근길이었는데 계단을 오르는 발걸음이 느려진다. 어디까지 반성이고 얼마만큼 진실인지 모르겠다. 언제까지 학생이라는 신분 때문에 교사의 희생과 노력이라는 이름으로 인내하며 지켜봐야 할지 알 수 없었다. 아직 다듬어지지 않은 17세의 청소년이라고는 하지만 감당하기 힘들었다.

아침마다 체크하는 코로나 자가 진단 앱을 확인한다. 체크하지 않은 몇 명 학생들한테 전화해서 자가 진단하고 등교하라는 말을 한다. 민수한테도 전화를 걸었다. 어제의 상황은 아직 아무것도 모르는 것처럼. 민수는 아직 전화를 받지 않았는데도 녀석의 무례함이 벌써 느껴졌다. 불편하다. 그래도 전화를 받을 때까지 전화를 끊지 않았다. 연락하지 못했다.

요즘 나는 나를 되돌아본다. 44세에 시작한 기간제교사는 쉽지 않았다. 해마다 이력서를 제출하고, 계약하고, 새로운 곳에서 새 학기를 시작했다. 낯선 환경, 새로운 사람을 만나고 그 환경에 적응하고 익숙해져야 하는 날들이었다. 지금도 새로운 곳의 적응은 힘이 들지만, 이제는 빠르게 적응한다. 조급해하지 않고 여유롭게 시작도 한다. 그동안 참고 견디며 실패한 경험들이 헛된 것은 아니었나 보다. 다른 사람들의 생각과 시선도 함께 견뎌낸 시간, 지금도 실수하고 다른 사람의 시선이 의식되기도 하지만 이젠 웬만한 상황은 겁내지 않는다.

집에서는 집안일과 아이들을 돌보는 것이 내 마음대로 되지 않았고, 학교에서는 학급 일과 학생들이 내 생각처럼 잘 따라 주지 않았다. 그랬다. 가끔 집과 학교에서 문제가 생기면 먼저 나를 탓했다. 내가 노력이 부족해서, 부주의해서, 관심을 미처 거기까지 두지 못해서…. 나의 미숙

함과 지도 능력 부족이라고 생각했다. 나를 의심했다. 어느 정도 자신 있다고 생각했고, 겁날 것도 없다 생각했는데 위축되고 소심하게 가슴 졸이는 시간을 보냈다.

크게 바뀐 것도 없다. 많은 변화를 기대하지도 않았다. 지금도 여전히 계약직으로 일하고 있지만, 이제는 크게 고민하지 않는다. 현실을 받아들이고 매일 할 수 있는 나의 노력을 다하자는 생각이다. 필요하면 도움 요청도 하고, 가끔은 내 목소리도 내면서 이제야 변해가는 나를 발견한다. 이런 시간이 조금씩 내 삶을 더 단단하게 만들어가고 있는 것 같다.

오늘도 대책 없이 엎드려 자는 학생을 깨워 보지만 역시 반응은 없다. 내가 조금씩 천천히 변했듯이 내가, 우리가 인내심을 갖고 기다려주면 바뀔 것이라는 기대를 해본다. 큰 기대는 아니어도 조금이라도 달라지길 바라며 기다려보기로 한다.

겨울에는 봄날을 떠올리기 힘들어도 봄은 어김없이 오듯이, 그 기대와 희망으로 오늘도 내 삶의 방정식을 만들어 본다.

자격지심인가?

"부장님!" 다시 또 "부장님!" 하는 소리가 들린다. 주변을 둘러본다. 아무도 보이지 않았다. 나를 부르는 소리인가? 소리가 나는 쪽으로 고개를 돌려 본다. 작은 체구의 곱슬머리 학생부 선생님이 나를 부르는 소리였다.

"안녕하세요?"라고 어정쩡하게 인사를 건네곤 빠르게 걸음을 옮겼다.

중앙 현관 입구에서 등교지도를 하고 있던 선생님은 학기 초 낯선 선생님의 출근에 어떻게 호칭해야 좋을지 판단이 안 섰나 보다. 아니면 겉보기에 나이가 있어 보이니 당연히 경력 많은 보직교사라고 생각했는지도 모르겠다. 나는 얼떨결에 부장님으로 불렸다. 그 후로도 학생부장은 만날 때마다 "부장님, 안녕하세요?"라며 인사를 했다. 매번 만날 때마다 '부장님'이라고 부르는 호칭이 거슬렸다.

"네?" 약간 끝을 올려 답을 하고 난 다음 인사를 건네는 학생부장 선생님을 잠깐 불렀다. "부장님, 자꾸 부장님, 부장님 하는 소리가 영 불편해요. 저 나이가 많아 보여서 그러는 건가요? 저 올해 계약직으로 이 학교에 왔습니다. 그냥 '오 선생님'이라고 불러주면 좋겠습니다."라고 얘기했다.

내 나이 또래의 교사들 대부분이 부장이거나 부장으로 불렸고 관리자다. 호칭의 중요성을 모르는 건 아니지만, 교사의 호칭에 서열(?)을 매길 필요는 없다고 생각했는데, 이곳에서 호칭은 민감했다.

K 부장은 사람 좋게 호호 하하 웃으며 얘기하다가도 호칭에 대해서는 매우 예민하게 반응했다. 과학과 교무실에 근무하는 공익근무요원을 학생들이 선생님이라고 부르는 것에도 기분 나빠했다. 아무나 선생님이라고 부른다며 김 군이라고 불렀다. 새로 전입해온 젊은 선생님이 K(현재는 부서 계원임)에게 'K 선생님'이라고 했다고 언짢아했다. "내가 자기랑 동급으로 보이나?" 요즘 젊은 사람들은 예의가 없다며 정색한다. 한번은

이런 얘기들을 하며 '부장님은 어떻게 생각하셔?'라며 내게 묻다가, "내가 아무나 부장님이라고 부르네!"라며 다시 정정했다. 그리곤 '오 선생'이라고 불렀던 기억이 떠올랐다.

정확하게 언제부터인지는 몰라도 나는 새롭게 근무하게 되는 학교에서 부서를 배정받고 자신을 소개하는 자리에서 계약직임을 알렸다. 굳이 그렇게 내가 기간제 교사임을 알릴 필요가 있냐고 하는 사람들도 있었다. 하지만, 나의 불편했던 기억과 나를 불편해하는 경우를 보고 난 다음부터는 나의 지금 상태를 알리고 시작했다. 오히려 마음은 편했다.

임용고시 준비도 해보지 않은 내가 44세의 나이에 처음 기간제 교사를 할 때의 상황이 지금도 생생하다. 처음 시작은 사립학교였다. 모두가 가족 같고 새 학년이 되어도 신입생이 새로울 뿐, 크게 바뀐 것은 없어 보였다. 엄밀히 말하자면 신입생 또한 졸업생 누군가의 동생이거나 동네 토박이 누구네 집 아이였다. 내 눈에는 새 학년을 시작하는 긴장감과 설렘은 커 보이지 않았다. 그렇게 보였다. 나는 새 학기가 시작되고도 3일 지나서 중학교 2학년 학급담임을 배정받아 첫 학교생활을 시작했다. 새 학기 업무 준비과정을 거치지도 않았다. 개학식과 함께 시작하지도 않았다. 용병 투입하듯 그렇게 2학년 담임이 되었다. 교실 환경미화를 시작으로 학기 초 학생상담과 생활지도 등의 업무는 힘들고 낯설었다. 일할 곳이 생겼다는 기쁨도 잠시 "내가 잘해 나갈 수 있을까?" 매 순간 고민하고 갈등하게 되었다. 나의 능력과 의지를 매일 저울질해보는 시간이었다. 그렇게 그곳에서부터 학교 경험이 만들어지기 시작했다. 나는 처음 시작하는 일이라 많은 것을 물어봤다. 부담 갖지 말고 편하게 얘기하고 가르쳐 달라고 했지만 어색하고 서로 불편했다.

내가 처음 학교생활을 시작할 무렵, 유행처럼 학교에 원어민 교사가 배치되었고 곳곳에 영어마을이 생겨났다. 어느 정도 학교생활에 적응되면서 자연스럽게 카풀도 하고 원어민 교사와도 인사 정도는 하게 되었다. 왕초보 회화 수준이지만 가끔은 같은 테이블에서 점심을 먹고 차도 함께 마셨다. 그러던 어느 날 한 선생님이 "샘은 잠깐 있다가 갈 사람인데 너무 나대지 마세요."라며 아무렇지도 않게 말하는 것이 아닌가.

'잠깐 있다가 갈 사람', 함께하는 동교과의 동료라고 생각했는데, 기만당한 느낌이었다. 순간 하늘이 노랗게 변할 수도 있다는 것을 알게 되었다. 그 이후로는 대체인력 그 이상도 그 이하도 아니라는 생각이 가끔 들었다. 처음 시작하게 된 학교생활은 말에 상처받고 의욕마저 잃게 했다.

한 학기 계약(3월 1일부터 8월 31일, 6개월)으로 근무하게 된 공립 G

중학교가 있었다. 1학기가 3월에 시작해서 여름방학을 하고 다시 개학하고 남은 8월 말까지가 1학기였던 때의 일이다. 8월 급여가 터무니없이 작았다. 어찌 된 일인지 문의했다. 방학 기간에는 급여가 지급되지 않는다는 것이었다. 그동안 방학 때라고 급여가 줄어든 예는 없었다. 전례가 있었다면 몰라도. 이유가 궁금했다. 돌아온 답은 방학 동안은 선생님이 하는 일이 없어 급여가 없다고 했다. 방학 동안에 업무가 없다는 것이 이유였다. 방학 중 나는 연수를 받고 있었다. 부당함을 관리자한테 얘기하고 교육청에 민원도 넣어보았다. 달라지지도 않았고 속 시원한 대답도 얻지 못했다. 교육청은 학교에, 학교는 교육청에 서로가 서로에게 문의하라며 본인들의 직접적인 해답을 피했다. '유전무죄 무전유죄'라고 한 푼이 아쉬운 나는 그렇게 해결되지 않은 급여 문제를 가슴에 묻고 그곳에서의 계약이 끝났다. 또 다른 학교에 갔다.

그곳에서 만난 관리자도 잊을 수 없다. 한번은 초등학생 자녀의 학교 방문을 위해 조퇴를 '허락'받으려고 했을 때의 말이었다. 집과 학교를 다 챙기려 한다며 애들 챙기면서 일을 하면 안 되는 거 아니냐며 "내가 여기까지 그냥 온 것 같아요?"라는 말을 했다.

그 후로도 크고 작은 부당함은 계속 생겼고 나도 조금씩 달라졌다.

예전에는 이런 상황들에 조바심이 일고 불편하고 힘들었다. 이제는 이런 상황들이 불편하기는 하지만 마음 아파하거나 힘들어하지 않는다. 애써 해결하려고도 하지 않는다.

'생각이 없는 거 아냐?'라는 말이 들려오기도 하지만, 말한다고 달라지지도 않을 일에 괜한 에너지 낭비하고 싶지 않았다.

흐르는 강물처럼 나의 일상도 물 흐르듯 그렇게 흘러가게 두어본다. 나를 더는 아프게 붙들고 싶지 않다. 나를 지켜내기 위한 담금질이라 생각하면서 오늘도 나는 학교에서 근무하고 있다.

생각을 한순간 뒤집다

달라진 것은 없었다. 그냥 내 생각을 바꾸기로 했다. 이젠 제법 적응도 빨라지고 낯선 곳에 대한 약간의 기대감도 생긴다. 웬만한 일에는 서운하거나 기분 나빠 하지도 않는다. 어색한 감정도 불편하지 않게 비워내는 여유도 생겼다. 장거리 출퇴근길도 매일 출발하는 하루 여행이라 생각한다. 오며 가며 보이는 풍경을 즐긴다. 지금은 오히려 내게 그런 시간이 있어서 고맙다. 그 시간을 견디며 단단해진 내가 '뭔가 할 수 있는 힘'을 갖게 해줬다는 생각이 든다.

요즘은 코로나19로 전 학년 등교가 이루어지지 않고 있다. 학생 활동도 예전보다 많이 줄어들었고 수업이 끝나면 학생들 대부분이 바로 하교한다. 덕분에 예전보다 나를 돌아보는 사색의 시간을 많이 갖게 되었다.

중학교에 있다가 처음으로 고등학교에 근무하게 되었을 때의 일이다. 나름 학생들 자부심이 대단한 자율형공립고등학교였다. 얼떨결에 근무하게 되었다. 과연 내가 잘 할 수 있을까 하는 걱정이 앞섰다. 담임으로서 진로와 진학에 대한 상담은 잘 할 수 있을지, 수업도 그들의 욕구를 충족시킬 수 있을지 학생들과의 만남도 걱정이 되었다. 나의 그런 걱정을 다 듣고도 한번 해보라는 교장 선생님의 말씀을 믿고 고등학교 생활을 시작했다.

나에 대한 믿음을 저버리지 않으려고 열심히 했다. 야간자기 주도학습이 있을 때는 새벽 첫차를 타고 출근해서 막차를 타고 퇴근했다. 과학 교과 특성상 장기프로젝트 과제와 방과 후 활동도 많았다. 아직 주5일 근무가 시행되기 전이었다. 토요일에도 등교하고 주말에도 방과 후 교과 활동을 해야 하는 그런 시간이 있었다.

같은 과 선생님들은 서로 협조적이었고, 협의회를 자주 갖고 서로 정보를 교환했다. 열정적이었다. 공부를 게을리하지 않으려고 노력했다. 주말의 교과 활동에도 적극적으로 참여했다. 피곤한 몸과 부족한 잠은 출퇴근하는 버스 안에서 해결했다. 이른 새벽을 시작하는 사람들의 모습을 보면서 에너지를 충전했다. 새로움을 발견하는 시간이었다.

새벽, 첫차를 타고 출근하는 기분은 가끔 나를 감상에 빠지게 했다. 썰렁한 버스 안의 공기에 몸은 움츠러들기도 했다. 먼동이 트는 새벽에 김이 모락모락 피어나는 떡집 풍경을 스쳐 지나기도 했다. 가끔은 버스 유리창에 머리를 기대고 졸고 있는 낯선 내 모습에 놀라기도 했다. 아직 아침 해가 뜨기 전 어스름한 새벽, 짙은 안갯속에 희미하게 비치는 오래된 교회당 건물의 불빛이 상상 속의 성(城)으로 느껴지던 시간, 잠이 덜 깨어 힘들어하면서도 하차 벨을 누르는 승객들의 모습. 하루를 시작하는 다양한 모습을 보고 생각하며, 새벽과 함께 시작하는 날들이 몸은 피곤했지만, 마음은 어느 때보다도 좋았다.

처음 시작의 두려움과 걱정은 없어졌다. 1년이라는 짧은 시간이었지만 동료 교사는 물론이고 학생들과도 친해졌고 많은 배움을 하게 되었다. 그동안 불편과 부당함으로 새로운 환경에 위축되는 내가 있었다면, 지금은 두려움 없이 뭔가를 할 수 있는 용기가 생겨난 시간이었다.

오늘도 나는 2022학년도 수강 과목 선택 안내문을 학생들한테 나눠주고 있다. 자신의 진로를 진지하게 고민해 보고 적성과 진로에 맞는 과목을 선택하라고 얘기한다. 모든 것이 제한되고 있는 코로나 시국이라 무엇을 하나 설명하려 해도 쉽지 않다. 이번엔 전혀 새로운 코로나 시국이 라는 대규모 환경변화에 적응해야 하는 시간이다.

"이 나이에 뭘 하니, 그냥 되는 대로 사는 거지."라는 말을 하는 다른 또래보다는 그래도 또다시 새롭게 도전해보고 싶다는 생각이 자연스럽 게 일어나는 요즘이다. 처음엔 나도 이 나이에 무엇을 다시 배울 수 있을 까? 그냥 되는대로 지내고 싶다는 생각이 들기도 했다. 하지만, 코로나 는 나의 이런 생각을 확실하게 바꿔 주었다.

생각이 바뀌었다. 온라인에서 나이 많아도 열심히 자기 계발을 하는 사람들을 보면서 '새로운 일을 해보고 싶다'는 생각이 들었다. 할 수 있을 것 같은 자신감도 조금씩 생겨났다. 마우스를 클릭하면서 온라인 여기저 기를 돌아다녔다. 급변하는 환경에 발 빠르게 대처하는 사람들과 배움 을 통해 새로운 세계를 접하려는 사람들, 그 연령대도 사는 지역도 다양 했다. SNS 활동을 시작했다. 모든 것이 어색했다. 일단 블로그를 시작했 다. 그 시작을 계기로 온라인 글쓰기 강의를 듣게 되었고, 글쓰기 강의를 수강하기 시작했다. 그렇게 마우스를 클릭하며 들어간 온라인 세계는 처 음 고등학교에 근무하게 된 상황과 비슷했다. 할 수 있을까 하는 염려와 더불어 잘해야겠다는 마음, 잘하고 싶은 마음이 설렘으로 다가왔다. 신

세계를 발견한 듯한 흥분이 느껴졌다. 코로나19로 위축된 분위기와 달리 나의 마음은 두둥실 부풀어 올랐다.

누군가는 산사태로 굴러떨어지는 돌에 다치기도 하지만 피하는 사람도 있고 그 굴러떨어진 돌을 활용하는 사람도 있다는 누군가의 말이 생각났다. 이렇듯 상황에 따른 내 생각을 바꾸니 모든 것이 새롭게 다가왔다. 이젠 내 삶 최고의 친구를 사귀고 싶은 욕심이 생겼다.

나에 대한 무한한 신뢰와 믿음으로 예의를 갖추어 내 삶을 지지해주는 내 최고의 친구, 글쓰기로 나를 만나기로 했다. 열심히, 멋있게, 잘 살아가는 나를 만날 글쓰기, 가장 나다운 모습이지 않을까 하는 생각을 해봤다.

삶을 대하는 태도가 멋진 사람들을 보면서 나도 내 삶을 돌아본다. 누가 뭐라고 해도 내 삶은 '내가 생각한 대로 산다'는 믿음을 갖게 되었다. 생각을 바꾸었다. 새로울 건 없지만 새로움을 알아가는 시간, 내가 생각하는 나다운 멋진 삶을 살겠다고, 글쓰기를 시작하며 어제보다 조금 더 성장하는 나를 꿈꾼다.

다시 한번 해보는 거야

오래된 중고차를 다독거려 가며 이른 아침 집을 나섰다. 매일 아침 한 시간이 넘는 출근길을 서로 응원하며 하루를 시작한다. 반복되는 일상이다. 다시 시작하기로 했다. 아직도 해결해야 할 것들이 많이 남아 있는 생활이지만 '나도 멋진 인생을 살고 싶다'는 바람마저 사라진 것은 아니다.

올해도 학년부에 근무하고 있고, 오늘도 교무실은 아이들로 한바탕 소란스러웠다. 이런 소란이 일어날 때면 그만 박차고 나오고 싶은 마음이 굴뚝같다.

기간제 교사를 처음 시작할 때는 시작이 마지막이지 않을까 생각했다. 길어야 2, 3년, 그 시간이면 모든 것이 정상이 될 줄 알았다.

"걱정하지 마. 알아서 할 테니 신경 쓰지 마."라는 말을. 그 말을 믿었다.

처음 다니게 된 학교는 집에서 거리상으로는 멀지 않았지만, 교통편이 좋지 않았다. 승용차로 이동한다면 이십 분도 안 걸릴 거리다. 버스 시간에 맞춰 서둘러 뛰어나가도 버스배차 시간이 가끔 맞지 않아 기다리는 시간이 20~30분이 되는 날도 있었다. 출퇴근 시간, 많은 시간을 길에서 보냈다. 양손에 짐을 들고 만원 버스를 타고 다니는 것도 참을 만했다.. 잠깐 하는 일이라고 생각하니, 나쁘지 않았다. 버스 유리창에 비친, 조금은 피곤하고 초라한 모습에도 당당한 자신감을 가지려고 애썼다. 그렇게 한 해 두 해를 보냈다.

조금만 더 참고 지내며 견디다 보면 모든 것이 원래대로 돌아갈 것이라는 희망이 있었다. 그러나 "걱정하지 마. 알아서 할 테니 신경 쓰지 마."라는 말도 어느 순간 슬쩍 사라져 버렸다. 집안일도 아이들도 모두 '나의 일'이 되어버렸다. 공부방과 학원 시간 강사를 할 때보다 수입은 안정적이었지만 월급은 통장에 흔적만 남기고 사라졌다.

2, 3년을 생각했는데 어느새 10년이 훌쩍 넘었다. 그렇다고 나아진 것

도 별로 없다. 오히려 집안일과 바깥일이 자연스럽게 모두 내게로 왔고, 그런 상황에 내가 적응해 가고 있었다.

아침을 준비해 놓고 첫차를 타고 출근하고, 막차를 타고 집으로 돌아와 어질러진 집을 정리했다. 몸과 마음이 지치기 시작했다.

이젠 계약이 끝나면 또다시 새로운 곳을 찾아야만 했다. 처음 몇 년 동안은 새로운 시작을 하는 3월 한 달을 무슨 의식을 치르듯 몸살을 앓았다. 몸살을 앓고 나면 그런대로 나머지 시간은 견딜 만해졌다. 익숙해질 만하면 계약이 끝나고 다시 새로운 곳을 찾는 일이 반복되었다. 이제는 처음 시작할 때의 절실함도 강박도 없어졌다. 익숙해졌고, 3월의 몸살 앓이도 없어졌다. 하지만 여전히 불안했다.

"나이가 많아서."라며 말꼬리를 흐리는 사람들이 많았다. 그러면 나이는 아무 문제가 아니라며 나이가 문제가 되지 않는다는 것을 보여주려고 애썼다. 가끔은 나를 인정하고 함께해 주려는 사람들을 만나기도 했다. 매번 힘들지만은 않았다. 시작은 서툴렀지만 조금씩 경험이 쌓이면서 자신감도 생겨났다. 흔들리지 않는 지식과 경험이 쌓여갔다.

나도 나만의 공간이 필요했다. 식구들 모두 자기 책상을 갖고 있으면서도 정작 나의 공간은 식탁과 주방이 대신했다. 아무도 나를 신경 써 주지 않았다.

이제는 나를, 내 공간을 스스로 만들기로 했다. 쓰임이 없는 작은 테이블로 방 한쪽에 책상을 만들고 20년 동안 잠들어 있던 장롱 속 운전 면허증도 꺼냈다.

조금 뻔뻔해졌다고 해야 하나? 이 나이쯤이면 명예퇴직을 생각하는 사람들이 많은데 나는 '할 수 있을 때까지' 일하고 새 일자리를 찾을 생각이다. 평생 현역의 삶을 살기로 다짐했다. 가끔은 일확천금을 꿈꾸며 복권 판매 계산대 앞에 줄을 서서 내 순서를 기다리며 로또를 사기도 하지만.

이제는 누군가가 다 알아서 하겠다고, 신경 쓰지 말라고 하면 그냥 웃는다. 지금처럼 그냥 웃을 수 있는 여유를 좀 더 일찍 알았더라면 하는 생각이 들었다. 그래도 지금이라도 알게 되었고, 그렇게 지난 시간으로 담금질하면서 더 단단해진 나를 만나게 되었다는 것이다. 때론 견뎌야 하고, 해내야 하는 절박함도 있었다. 하루하루가 새로운 고난의 날이었다. 매년 비슷한 듯 다른, 새로운 환경에 적응하고 시간을 보내다 보니 이제는 웬만한 변화는 두렵지 않다. 크게 마음이 흔들리지도 않는다. 지금은 오히려 누군가가 장거리 출퇴근과 담임 업무를 얘기하며 "힘들겠다."라는 말을 위로처럼 건네면 위로받기가 더 힘들다. 이제는 즐긴다. 장거리 출퇴근 길은 오로지 나만의 시간과 공간이다. 아침 시간을 달리며 하루를 계획하고, 퇴근길을 돌아오며 하루를 정리하는 나만의 공간과 시간. 그 시간을 사랑하고 즐기게 되었다.

나이 열일곱, 열여덟 학생 담임하면서 그 아이들을 보며 상처도 받고 배움도 얻는다. 우리 집 아이들의 생각도 좀 더 잘 이해할 수 있게 되고 10대와의 대화도 이해하고 나눌 수 있으니 나쁘지 않았다.

일하면서 나의 배움도 확장되어 갔다. 어느 순간, 불완전하지만 홀로 서기를 시도하고 있는 내가 보였다. 이제는 홀로서는 법을 배우려고 노력한다. 혼자가 될 수 있는 자유. 아직도 모든 것이 두렵기는 하지만, 이제는 지켜지지 않는 약속에 보이지 않는 희망을 기대하며 시간을 보내고 싶지 않다. 그렇게 보낸 나의 시간이 원망과 후회로 남지 않게 하고 싶다. 스스로 날 수 있는 날갯짓을 해본다. 지금 다시 시작할 수 있는 용기를 내어 보는 내가 오랜만에 기분 좋다.

서둘러 퇴근한다. 끈질기게 따라오던 한여름의 더위도 차분해지고 있다. 오늘 하루도 열심히 애쓴 내가 너무 사랑스럽다.

마음의 면역력이 생겼습니다

마음이 쿵! 내려앉았다. 퇴근하려고 주차장에 들어섰는데 차가 보이지 않았다. 아침에 서둘러 정신없이 출근하느라 주차한 곳을 잘못 알고 있는 것은 아닌지 주차장을 한 바퀴 더 돌았다. 역시 보이지 않았다.

하루 왕복 60km 이상의 거리를 출퇴근한다. 가끔은 자동차도 힘들어 하는 것이 느껴진다. 출퇴근길 도로 위를 쌩쌩 달리는 차들이 추월해가면 그 속도에 놀라 살짝 휘청이기도 하지만 내게는 너무도 소중한 애마다. 출퇴근 때마다 "미안해, 우리 조금만 더 견디자."라는 말을 건네기도 한다. 그렇게 오늘 아침에도 분명 함께 출근했다. 주차장을 다시 한 번 더 돌았지만 보이지 않았다. 순간 무슨 일이 있었는지 예측할 수 있었다.

언제부터인가 말도 없이 일방적인 돌출행동으로 출근길의 나를 당황하게 했다. 중학교 3학년 담임을 할 때였다. 졸업사진 촬영이 있는 날이었다. 평소보다 출근길에 많은 짐을 들고 집을 나섰다. 주차장으로 내려간 순간 차가 보이지 않았다. 혹시나 다른 곳에 주차해 놓고 찾지 못하는 것은 아닌지 다시 한 번 더 둘러보았다. 역시 보이지 않았다. 언제나 제일 먼저 아침 식사를 하고 집을 나서는 애들 아빠한테 전화했다. 전화벨이 울리고 신호가 가는데 받지도 않고 바로 전화를 끊어버린다. 나도 모르게 튀어나오려는 욕을 삼키며 서둘러 택시 정류장으로 갔다. 한두 번도 아니고 택시를 타고 출근하면서 이번만큼은 그냥 넘어가면 안 될 것 같은 생각이 들었다.

택시를 타고 가는 차 안에서 경찰서에 차량 도난신고를 했다. 아침 출근길의 상황을 설명했다. 경찰은 확인하고 연락을 주겠다고 했다. 정신 없이 오전 시간이 지나고 있었다. 핸드폰을 들여다보니 부재중 전화와 문자가 와 있었다. CCTV를 확인해봤는데 신고 차량의 모습이 안 보인다며 CCTV 확인 사진을 보내왔다. 분명 퇴근하고 주차장에 주차하고 집으로 올라왔었는데 경찰이 보내온 사진 속에는 자동차의 흔적 하나도 보이지 않았다. 이쯤 되면 내 기억이 혼란스러워진다. 내가 정말 제대로 주차한 게 맞는지? 아니면 다른 장소에 주차하고 기억하지 못하는 건 아닌지? 순간 겁이 덜컥 나기도 했다. 그날 퇴근길의 나는 온갖 상상력을 동원하며 아침의 풍경이 나의 실수이기를 바랐다.

다시 경찰서에 확인을 부탁했다. 내 짐작으로 애들 아빠가 고의로 한 것 같다는 심정도 말했다. 별다른 조치는 취해지지 않았고 다시 잘 찾아보겠다고만 한다. 그렇게 사라진 자동차를 찾지 못한 동안 아침 출근 시간은 평소보다 1시간 이상 일찍 서둘러야 했고, 퇴근 시간도 많이 늦어졌다. 자동차는 한 달 가까이 지나고 나서야 돌아왔다. 자동차의 행방에 더 이상 미련을 두지 않을 때쯤, 근처 아파트 담벼락에 아무렇지도 않게 주차되어 있는 것을 보게 되었다. 불안하고 불편한 시간이었다.

처음 기간제 교사 일을 시작할 때만 해도 조금만 참으라고 했다. 나 또한 남편이 열심히 하는데도 생각처럼 일이 잘 풀리지 않으니, 본인은 얼마나 더 힘들까 하는 생각에 이해하려고 했다. 하지만 내 생각과 다르게 어느 순간부터 이해할 수 없는 일들이 잦아졌다. 그동안 안전한 울타리라고 생각하고 그의 말을 믿어왔는데, 이제는 모든 것이 감당이 안 되고 이해하기 힘들어지기 시작했다.

애들 학교행사나 졸업식에도 바쁘다는 이유로 거의 참석하지 않았을 때도 도저히 이해할 수 없었지만, 이해하려고 했다. 식구들의 의견은 하나도 묻지 않았다. 무슨 말이라도 하려고 하면 말할 필요 없다고, 다 알아서 할 거니까 신경 쓰지 말라고 했다. 가족 구성원의 생각은 중요하지 않았다. 그러면서 이제는 일이 안 되는 것이 나 때문이라며 나를 탓했다.

이사를 했다. 어떤 의견도 묻지 않았다. 가족들과 대화도 하지 않았다. 아무 준비도 없이 이사하기 일주일 전에 일방 통보였다. 교통은 불편했고 중학생, 고등학생 아이들은 처음으로 통학하게 되었다.

남편은 이사 간 곳에서도 달라지지 않았다. 매일 아침 운동을 하고, 제일 먼저 아침 식사를 하고 자신의 일과를 시작했다. 아이들의 등교 준비와 나의 출근을 위한 배려는 없었다. 통학을 처음 하는 아이들이다. 교통이 불편해 아침 출근길에 아이들을 학교 근처에 내려주고 출근했다. 중학생, 고등학생인 아이들의 아침 시간은 항상 빠듯했다. 아이들은 갑자기 달라진 환경에 적응하는 데 시간이 걸렸다. 마을버스는 자주 오지 않았고, 막차는 일찍 끊어졌다. 가끔 저녁 시간엔 만나서 함께 오기도 하고, 일이 생기면 집에 왔다가도 데리러 나가기도 했다. 심지어 외출한 애들 아빠가 늦어도 기다려야 했다. 혹시라도 전화했는데 안 받으면 뭐 하느라 전화 안 받냐고 시끄러워질 상황이 싫었다. 피곤하고 힘들었지만 견뎠다.

그렇게 지내는 날들이 또 나를 힘들게 했다. 몸이 힘들어 집안일에 소홀하면 "돈 좀 번다고 무시하냐?"라는 말로 마음에 상처를 냈다. 위로는 바라지도 않았다. 아이들을 생각해서 아무 일 없는 것처럼 지내보려 하지만, 마음은 예민해졌고 시간이 지날수록 마음의 상처는 쌓여갔다.

일방적으로 목소리가 커지는 일들이 생겨났다. 망설여졌지만 용기를 내기로 했다. 아이들과 나 자신을 위해서라도 좀 더 당당해질 필요가 있다고 생각했다. 일방적인 말만 할 뿐, 대화가 되지 않으니 도움을 받고 싶었다. 큰 용기 내어 경찰서에 신고했다. 경찰이 출동하고, 처음 몇 번은 조심하는 듯 보였으나 '왔다가 그냥 돌아가는' 경찰들을 보면서 다시 목소리는 더 커졌다.

경찰서를 방문했다. 형사의 질문에 답하며 조서를 작성했다. 어떻게 이렇게까지 되었는지 떨리는 마음이 진정되지 않았다. 하지만 이제는 그의 일방적인 태도를 수용하지 않기로 했다.

경찰서를 방문하고 조서를 작성한 후 법원에서 우편물이 왔다. 우편물을 본 그는 미안하다며 소의 취하를 요구해 왔다. 잠시 마음이 흔들렸지만, 생각을 바꾸지 않았다.

가족이라고 생각했고 함께할 영원한 동반자로 생각했다. 무례한 행동을 하는 그의 태도를 더는 참고 싶지 않았다. 이제는 창피함도 두려움도 없어졌다. 더는 흔드는 대로 흔들리는 삶을 살지 않겠다고 단단하게 마음을 다잡아 본다. 당당하고 자신감 있는 나로 거듭나기를 겁내지 않을 것이다.

새로운 가족, 까미

아이들이 고양이를 기르고 싶다고 졸라댔다. 청소하기도 힘들고 어수선하게 여기저기 돌아다니는 것도 싫고 무엇보다도 털이 날리는 것이 싫다는 이유를 들어 반대했다. 그런데 태희가 책임지고 관리 잘 하겠다고 한다.

반려묘와의 동거가 시작되었다. 검은색과 흰색이 섞여 있는 어린 고양이는 '까미'라는 이름으로 우리 집 막둥이가 되었다. 아이들은 좋아했지만, 어린 새끼 고양이는 낯선 환경에 잔뜩 겁먹은 모습으로 태희만 졸졸 따라다녔다. 태희는 친구 집에서 까미를 집에 데려다 놓고 얼마 지나지 않아 입대했다. 입대하면서 태희는 까미를 잘 부탁한다는 말을 내게 여러 번 했다. 너무 어리다고, 잘 챙겨주라고. 잘못해도 야단치지 말고 전역할 때까지 건강하게 돌봐달라는 말을 하며 헤어짐이 못내 아쉬운 듯, 그렇게 아쉬운 작별 인사를 했다.

코로나19로 모든 것이 멈춘 시간, 둘째 윤희의 졸업식도 온라인으로 진행되었고, 태희의 입대도 사회적 거리두기로 드라이브스루 입대다. 태희는 먼 포항까지 힘들게 오시지 말라며, 현관 앞에서 인사했다. 잘 다녀올 테니 걱정하지 말고 엄마, 건강하게 잘 지내시라고, 그리고 까미 잘 돌봐달라고 부탁한다.

고양이는 싫다고 외면하던 나는 태희를 대신해 까미를 돌보게 되었다. 예전의 나는 어둠 속에 반짝이는 고양이의 눈이, 아기 울음소리 같은 '야옹' 소리가 무서웠다. 처음 까미가 집에 왔을 때도 가까이 가지 못했다. 조금씩 용기 내어 다가갔다. 어린 고양이도 낯선 환경이 두려울 텐데, 조금씩 가까이 가다 보니 이젠 어둠 속에서 빛나는 고양이의 눈도 '야옹' 하는 소리도 모두 예쁘다. 이젠 눈도 마주치고 고양이의 야옹 소리에 갓난아이 옹알이에 대답하듯 반응도 보인다. 내가 고양이와 친해질 거란 생각도 못 했는데, 이젠 나도 모르게 내가 먼저 말을 걸고 눈을 마주 보며 서로 코를 부비부비하기도 한다.

오늘 아침 출근길에도 신발을 신으려는 나보다 먼저 현관 앞을 지킨다. 아침부터 나의 움직임을 따라 우다다다거리며 여기저기 돌아다니는 고양이가 번잡스럽기도 하지만, 싫지도 않다. 나의 고양이에 대한 처음 생각, 그것은 나의 편견과 착각이었나 보다.

변하지 않는 것은 없는 것 같다. 그동안 내가 참고 또 참으며 견딘 것이 아이들을 위하는 일이라고 생각했다. 그러나 그것도 나만의 착각이었나 보다. 윤희를 여러 번 울게 했고, 말없이 문을 닫고 들어가는 태희를 보면서 내가 변해야겠다고 생각했다. 쉽지 않았다. 오랜 시간 동안 참고 기다리며 우물 안 개구리로 살았다. 그 시간이 무섭고 두려웠다. 자존감과 자신감은 사라지고 불안한 내가 보였다. 울고, 문 닫는 아이들을 보면서 내가 달라져야겠다고 생각했다. 더는 머뭇거릴 수 없었다. 이젠 선택의 문제가 아니라 결단의 문제였다.

두렵지만 용기 내는 엄마의 모습을 보여주고 싶었다. 생각을 바꾸고 용기를 냈다. 겁나던 마음도 그런대로 조금씩 괜찮아졌다.

어느 날 퇴근하고 집에 돌아와 보니 애들 아빠가 쓰던 방의 짐이 빠져 어수선해져 있었다. 이런저런 말 한마디 없이 아무도 없는 본가로 들어간 것이다. 서운함보다는 후련했다. 오히려 마음이 편했다. 의도하지 않았지만 자연스럽게 새로운 변화가 생겼다.

아이들이 원하던 고양이도 기르게 되었다. 태희랑 까미 예방주사 맞히러 동물병원에도 가고, 윤희랑은 까미 간식을 사고 장난감을 골랐다. 고양이와 함께 아이들이 웃었고 사진을 찍었다. 고양이 덕분에 아이들의 방문도 열렸다.

우연이겠지만 TV에서도 산책길에서도 전과 달리 고양이들이 자주 눈에 띄었다. TV에 방영된 아픈 고양이를 위해 매일 위험 무릅쓰고 먹을 것을 가져다 주는 검은 고양이 이야기, 그물에 목이 감겨 목의 상처가 심한데도 새끼고양이들 젖을 물리는 어미 고양이. 모든 이야기가 감동으로 다가왔다.

산책길에서 만난 고양이들은 행복해 보였다. 햇볕이 잘 드는 마당에 적당한 거리를 두고 편하게 누워 잠을 자는 고양이, 그 옆으로 한쪽 다리를 위로 높이 치켜올린 자세로 장난을 치는 고양이. 색색의 꽃이 만발한 조용한 마당에서 봄볕을 즐기는 고양이 한 쌍이 한 폭의 그림이다. 햇살이 비치는 그 공간 속으로 나비가 날아드는 행복한 풍경이다. 한참을 서 있었다.

산책에서 돌아와 거실 바닥에 매트를 깔고 누우니 햇빛이 기분 좋게 피부에 와닿는다. 활짝 열린 앞뒤 베란다 문으로 바람이 시원하다. 자꾸 눈이 감긴다. 잠깐 잠이 들었나 보다. 잠결에 손을 뻗어 본다. 뭔가 만져졌다. 조금은 느껴지는 것 같기도 하고 아닌 것 같은 무엇인지는 잘 모르겠지만 포근한 느낌이다. 나는 계속 다가왔다 사라지기를 반복하는 부드러움과 포근함을 반수면 상태에서 즐기고 있었다. 순간 목덜미에 포근함이 감겼다. 이번엔 사라지지 않았다. 언제부터였는지 까미도 나랑 베개를 나눠 베고 잠을 자고 있었다. 고개를 들어 머리를 쓰다듬어 주었다. 녀석, 고양이도 춘곤증을 느끼는지는 모르겠지만, 아주 많이 졸린 듯 가늘게 눈을 떠서 한 번 쳐다보더니 다시 눈을 감는다. 나도 까미를 보면서 다시 눈을 감고 꿈을 꾼다.

봄이면 색색의 꽃들이 활짝 핀 마당에서 까미와 내가 봄볕을 즐기는 꿈을. 생각만으로도 행복하다.

처음엔 여러 가지 이유로 '함께'하기를 반대했지만, 까미와 함께하는 지금은 여러 가지 이유로 즐겁다. 이제는 변화를 두려워하지 않고 나의 행복을 만들어가는 시간으로 채워나갈 것이다. 나 자신을 사랑하고 '최고'라고 인정해 줄 것이다. 스스로 격려하고 사랑하며 당당하게 나답게 살려고 한다.

어쨌든 인생은 모험입니다

일상의 불편은 여기저기서 나타나기 시작했다. 장보기가 겁났다. 모르는 번호로 걸려 오는 전화를 받기 두려웠다. 갚아야 할 돈을 갚지 못하고 있었다. 돈이 전부는 아니라고 생각했지만, 일상이 불안하고 불편해진 지금은 무엇보다도 돈이 필요했다. 누구에게 말하지도 못하는 어려움이 쌓여갔다.

적막감을 지우려고 틀어놓은 라디오에서 흘러나오는 노래가 허공으로 흩어졌다 사라진다. 내가 노래를 듣는 것인지 노래가 나를 부르는 것인지 노래도 나도 공감 코드 조율을 하지 못하고 있었다. 조용필이 〈킬리만

자로의 표범〉을 노래하고 있다.

"하이에나가 아니라 표범"이고 "나보다 더 불행하게 살다 간 고흐란 사나이도 있었는데….".라는 가사가 흘러나온다. 나도 모르게 눈시울이 뜨거워졌다.

학교를 졸업하고, 직장생활을 했다. 만족스러운 직장은 아니었지만 나쁘지 않았다. 결혼 생각은 없었다. 하지만 1남 5녀 둘째 딸인 내가 버틴다고 될 일은 아니었다. 동생보다 늦은 결혼, 성급하게 시작된 결혼생활은 내가 생각했던 삶이 아니었다. '나의 오른손이 하는 일을 왼손이 알게 하지 말라'는 말처럼 알면서도 모른 척, 정말 몰라서도 모른 척하는 날들의 연속이었다.

"왜 아범만 오고 넌 안 오냐?"는 말도 "아범 하는 일에 말이 많더라."라는 등 시댁뿐만 아니라 동네 사람들도 아는 일을 모를 때가 더 많았다. 처음 한두 번 들을 때는 모를 수도 있다고 생각했다. 그리고 나름 그가 원하는 대로 내조한다고 생각했는데 역부족이었나보다. 나를 매번 시험에 들게 하는 것 같았다. 나아지기보다 더 힘들어졌다.

무엇을 물어봐도 제대로 답을 해주는 일이 거의 없었다. 서로 이야기하고 의논하는 일이 없으니 남편이 무슨 일을 하는지, 일은 잘되고 있는지 안다고 하지도 못하고 모른다고 하지도 못했다. 내게 무엇을 물어 오면 말끝을 얼버무리는 날이 더 많았다. 이런 나에게 시부모님은 나이 들면 달라진다고 조금만 참으라고 했다. 친정에선 내가 성질 좀 죽이고 잘 맞추면 될 일을 가지고 내가 노력하지 않아서 그런다며 나보고 더 잘하라고 했다. 어디에도 내 편은 없는 것 같아 외롭고 혼란스러웠다. 도대체 얼마만큼 더 나이 들고, 또 언제까지 내가 숨죽이고 비위를 맞춰야 하는지 울컥 치밀어 오르는 화를 주체할 수 없었다. 사랑도 연애도 남이 하면 불륜이고 내가 하면 로맨스라고, 모든 게 나의 노력과 이해 부족이라고 말하는 것 같았다.

벼룩시장의 구인 광고를 보며 전화하고, 인터넷 구인 공고를 보며 구직활동을 했다. 다시 직장생활을 하게 됐다. 시간에 쫓기고 집안일에 쫓기며 매일 흔들리는 자존감을 부여잡고 시작하는 직장생활은 20대의 사회생활과는 달랐다. 당당하고 유쾌하지 않았다. 40이 넘어 다시 직장생활을 시작한 나는 자존감은 바닥이었지만 열심히 하려고 애썼다.

60을 바라보고 있는 지금도 가끔 마음이 불편해진다. 산책을 나섰다. 기세등등한 햇살에 진한 풀냄새 가득 뿜어내는 바람을 맞으며 걸었다. 날개를 파닥거리며 나비가 날고 있다. 바람결에 생각이 실려 온다. 좀처럼 익숙해지지 않던 시간이 하나의 풍경처럼 다가왔다. 오래전에 읽었던 노란색 표지의 나비 그림이 있는 트리나 플러스의 『꽃들에게 희망을』이란 책이 생각났다. 조금 나아진 기분으로 자리로 돌아오니 옆자리의 수학 선생님이 첫 농사를 지은 감자라며 따뜻한 감자 한 알을 건넨다. 햇살처럼 따스함도 함께 전해졌다. 조금 전 우울했던 마음의 허기가 따뜻하게 채워진다.

조용필의 노래에서도 산책길에 만난 뜨거운 태양을 온몸으로 받으며 피어난 해바라기꽃을 보면서도, '나보다 더 불행하게 살다 간 고흐란 사나이'를 생각했다. 짝꿍이 건네준 따뜻한 감자 한 알을 입에 넣으면서 고흐의 〈감자를 먹는 사람들〉의 모습을 상상해 본다. 일면식도 없는 고흐라는 한 남자의 삶을 생각하며 지금의 나를 생각했다. 난 지금까지 한 번도 내 꿈이 없었던 적이 없었는데, 지금은 내 꿈이 뭔지 잘 모르겠다. 끝이 보이지 않는 긴 터널에서 길을 잃은 느낌이다.

사람이 길을 가다 보면 버스를 놓칠 때도 있고, 잘못한 일도 없이 버스를 놓치고 힘든 일 당할 때도 있다. 하지만 버스는 다음에도 오고 때로는 다음에 오는 버스가 더 좋을 수도 있다는 어느 시인의 시가 생각났다. 지금은 꿈을 잊고 살아가지만, 내가 무너지지만 않는다면 그때가 언제가 되었든 나도 내 꿈을 다시 회복하지 않을까 생각한다. 그리고 그때는 더 넓은 날개를 달고 높이 날아오르는 희망도 가져본다. 어떠한 경우라도 이 세상에서 가장 존귀한 것은 '나 자신'임을 다시 확인시킨다.

예상치 못했던 코로나가 삶을 다시 돌아보게 했다. 처음 4차로 터널 3,997m 길이의 사패산 터널을 운전할 때의 나를 떠올려봤다. 터널 입구부터 심호흡하며 잔뜩 긴장하여 두 손에 힘이 들어간 상태로 핸들을 잡고 앞만 보고 달렸었다. 언제 터널이 끝날까만을 생각했고 〈터널〉이라는 재난영화가 떠오르면서 확대되는 상상력에 식은땀이 났던 기억. 끝날 것 같지 않았던 무섭고 두려웠던 처음 터널을 지날 때의 시간과 출퇴근길과 하계동을 오가면서 터널을 지나는 지금의 나를 비교해 본다. 터널은 그대로이고 나는 지나는 차들의 흐름에 맞춰 운전하며 음악을 듣는다.

'다시!'

생각대로 살아온 시간은 아니지만, 앞으로의 인생은 내가 꿈꾸는 대로 살고 싶다. 시인의 시처럼 지금은 버스를 놓쳐 힘든 기다림의 시간이지만, 조금 있다가 다시 올 더 좋은 버스를 기다려본다. 무섭고 두려웠던 터널을 처음 지날 때의 긴장도 이제는 편하게 이용하는 하나의 길 외에 다른 것은 느끼지 못한다. 이렇게 하나씩 경험하며 내 것으로 만들어간다.

꿈을 꿀 수 있다면 그 꿈을 실현할 수도 있다는 월트 디즈니의 말처럼 나 또한 내 안의 작은 행복을 희망하며 삶이라는 모험을 다시 시작할 힘을 얻는다.

원하는 모습으로 살고 있나요?

학생들은 이른 아침부터 시험지와 마주하고 있다. 온라인 수업과 등교 수업이 병행되는 학교생활 중 오랜만에 장시간 시험을 보는 날이다. 시험에 대한 설명을 듣고 OMR 답안지가 배부되면 학번을 적고 필적 확인란에는 시험지 겉표지에 쓰인 문구를 따라 써야 한다.

"너의 값진 말들로 희망을 노래하라."라는 굵고 진한 바탕체의 글.

매 시간 학생들은 "너의 값진 말들로 희망을 노래하라."라는 문구를 쓸 것이다. 적어도 오늘 하루만큼은 이 문장을 여러 번 쓸 텐데, '값진 말', '희망을 노래하라'를 적어가며 무슨 생각을 할까? 어떤 표정일까? 하는 맘으로 아이들을 바라봤다.

어느 정도 시간이 흐르고 삶을 경험하고 나서야 '말의 값'이라는 것이 있다는 것을 알게 되었다. 삶이 원하는 대로 이루어지는 것이 아니라는 것도 알게 되었다. 세상에는 예측하기 힘든 변수들이 많았다. 코로나가 그랬다. 코로나19는 나의 삶에 큰 변화를 가져다주었다. 코로나는 강제적으로 거리를 두게 했고 혼자만의 시간을 갖게 했다. 차분하게 나를 돌아보게 했다. 군에 입대하는 아들도 현관 앞에서 건강하게 잘 다녀오라고 인사하고 보냈다. 3주의 군사 훈련이 끝나고 수료식을 할 때도 유튜브 영상으로 대신했다. 사진과 영상 속 아들들의 모습은 똑같은 제복에 눌러쓴 모자와 얼굴이 가려진 마스크 차림이 모두가 같아 보였다.

"언제 어디서나 잘 지낼 자신이 있으니 다시 만날 때까지 어머니도 건강하게 잘 지내셨으면 좋겠습니다."라는 아들의 편지처럼 영상 속의 아들은 단단해 보였다. 시국이 그렇다 하더라도 처음으로 새로운 환경에 적응하는 태희의 마음이 어떠했을까? 함께하는 동기들 또한 모두 같은 상황이었겠지? 카페에 올라온 영상을 보면서 렌즈를 바라보며 잔뜩 각 잡힌 자세로 부모님께 전하는 말을 하는 아들의 모습을 보고 또 봤다.

자대배치를 받고, 해가 바뀌고 계절이 바뀌었는데도 휴가를 나오지 못하는 태희를 생각한다. 아쉬웠지만 훈련도 동기들도 다 괜찮다고, 잘 있으니 걱정하지 않아도 된다며 항상 '감사합니다.'라는 메시지로 태희는 안부를 묻고 소식을 전해 왔다. 아들이 보내는 손 편지에 행복했다.

한번은 훈련기간에 전화 통화를 하는데 평소와 다르게 여유와 약간의 들뜸이 느껴졌다. 포상으로 전화 통화 5분을 더 받았다고 했다. 5분, 아들의 다른 모습을 보는 것 같았다.

태희는 백신접종을 2차까지 맞았다며 특별한 이상이 없는 한 7월에는 휴가를 나올 수 있다고 소식을 전했다.

'특별한 일이 없다면.'

불볕더위와 열대야가 계속되었다. 코로나 확진자 급증에 변이바이러스, 4단계 방역 지침 등 특별한 일들이 일상처럼 반복되었다. 군 장병들의 휴가, 외출 통제 문제가 다시 언급되었다.

"12일부터 2주간 적용되는 지침은 휴가, 외출, 면회 등을 통제하되 4단계가 적용되지 않은 비수도권 지역의 경우 장성급 지휘관 재량으로 판단한다."라는 뉴스는 그동안 밀리고 밀려 여름방학쯤에 나올 아들을 기다리며 보낸 시간에 약속할 수 없는 시간을 다시 덧씌웠다.

학교도 방학을 일주일 남긴 상태에서 전교생이 온라인 학습으로 전환

되었다. 교사도 재택근무를 하라고 한다. 이제는 이런 상황에 익숙해지고 있었다.

평소에 말을 잘 하지 않는 태희의, 입대하고 보내는 편지는 그렇게 다정다감할 수가 없었다. 입대하기 전에 엄마와 함께 시간을 많이 보내지 못해 죄송하다고도 했다. 가끔 함께 다니다 툭 던진 말 한마디 한마디를 모두 마음속에 간직하고 있었다. 함께하지 못했어도 편지 속에 적힌 그 말 한마디로도 흐뭇했다. 아닌 척 무심한 듯했지만 기억하고 있었다. 내가 알지 못하는 아들의 모습을 본다. 태희의 가슴속에도 '값진 말'이 많았으면 하는 생각을 해본다. 표현은 잘 하지 않았지만, 섬세한 너의 마음은 감동이고 나의 희망이었음에 마음은 행복했다.

장마라고 하는데 장마 같지 않게 찔끔찔끔 퍼붓는 비로 괜한 짜증이 났다가도 바로 마음을 수습한다. 보광사 쪽으로 차를 몰았다. 비가 오고 있었지만 나오길 잘했다는 생각이 들었다. 도착한 주차장은 텅 비어 있었다. 우산만 챙겨 들고 나무계단 쪽으로 해서 산길을 올랐다. 어제오늘 내린 비로 계곡의 물소리가 우렁찼다. 물소리를 들으며 안개비가 내리는 숲길을 걸었다. 내 안의 세포들이 차분하게 깨어나는 기분이다. 걷는 발걸음에 힘이 생긴다. 조만간 이 길을 태희와 함께 걷는 상상을 해본다.

"언제 어디서나 잘 지낼 자신이 있으니 너무 걱정하지 마시고 다시 만날 때까지 건강하게 잘 지내셨으면 좋겠다."라는 아들의 편지를 다시 본다.

지금, 나의 모습은 내가 원했던 모습은 아니지만, 그래도 조금씩 나아지고 있는 나를 느낀다. 태희의 말대로 건강하게 잘 지낼 것이다. 나의 발걸음을 방해하는 것들도, 산발적으로 흩어져 있던 내 삶의 에너지도 이젠 하나씩 정리할 수 있을 것 같다. 태희의 마음을 알았고, 윤희의 투덜거림도 엄마를 위한 것이라는 걸 안다. 이젠 내가 더 잘 살아야 할 책임이 있음을 느낀다. 이제부터라도 내가 원하는 모습의 삶을 살아야 할 이유와 희망을 찾았다.

'꿈은 포기하지 않는 이상, 언젠가는 반드시 이루게 된다'는 말이 생각났다. 원하는 삶을 이루어갈 수 있도록 상처를 주는 말이 아닌 '값진 말'을 많이 나누고 싶다. 그 값진 말들을 나누며 내일의 희망을 얘기하자. 어디서 무엇이 되어 다시 만날지 알 수 없지만 여전히 나는 희망을 노래하고 싶다. 나이가 들어가도 여전히 하고 싶은 것이 너무 많다.

제4장

60대는 굿 라이프

젊은 시절 고생은 사서 한다

지금까지 마음만 굳게 먹으면 무슨 일이든 다 해결할 수 있다고 생각했다.

토요일 오전, 애들 아빠가 오랜만에 외출을 제안했다. 항상 바쁘다며 시간을 내 본 적이 많지 않았던 터라 우리는 모두 아무 말 없이 따라나섰다. 식구들 모두 좋아하는 칼국수를 먹고 드라이브할 때까지만 해도 좋았다. 중간에 무심한 듯 툭 던진 한마디, '일주일 후에 이사 간다'며 지금 우리가 살 집을 보러 가는 길이라고 했다. 일방적인 통보였다. 머릿속이 하얗게 비워졌다. 무슨 말을 해야겠다고 생각했지만 아무런 생각도 할 수 없었다. 말문이 막혔다.

　집은 좁은 시골길을 따라 걸을 수 있는 조용한 동네였다. 사람들이 살고 있는 곳인가 싶을 정도로 조용했다. 뜨문뜨문 집들이 흩어져 있었고, 집 앞 텃밭에 쪼그리고 앉아 일하는 노인분들이 가끔 보였다. 길옆으로 논밭이 있고 목줄 없는 개들이 느리게 어슬렁거리는 한적한 동네였다.

　일주일 후 찬 바람이 부는 초겨울, 아이들과 나는 평소와 같이 등교했다. 이사 날이었다. 퇴근 무렵 애들 아빠가 전화했다. 퇴근하면서 장 볼 때 고구마도 같이 사 오라고 한다. 난로를 피웠으니 고구마를 구워 먹자고 했다. 교통이 불편하기는 했지만, 아파트와 달리 마당이 있고, 넓은 거실에 난로가 있는 풍경도 나름 괜찮다고 생각했다. 화목난로에 고구마를 굽고 주전자에 물이 끓는 따뜻한 풍경을 그려본다. 눈 내리는 겨울엔 난롯가에 앉아 장작이 타는 소리를 들으며 눈이 쌓이는 마당과 나뭇가지를 보며 소박한 겨울 분위기에 취하는 나를 상상해 봤다.

　퇴근길에 장보기는 생각만큼 호락호락하지 않았다. 일단 마트 주차장에 주차하는 것이 쉽지 않았다. 주차도 힘들고 저녁 시간대 마트는 사람도 많고 계산도 더뎠다. 퇴근하고 집 근처 마트에서 장 볼 때보다 시간은 두 배로 걸렸다. 장 본 물건을 차에 싣고 아이들이 기다리고 있을 학교 근처로 갔다. 마음이 바쁘다. 학교 끝나고 한참 지났을 텐데, 어디서 시간을 보내고 있을지 걱정이 되었다. 아이들은 생전 처음, 갑자기 변한 환경에 적잖이 당황했을 텐데도 아무 말도 하지 않고 있었다. 걱정됐다.

막 추워지기 시작하는 계절, 추위도 더 빨리 온 것 같았다. 난로를 피우고, 난로 위에 주전자를 올려 물을 끓이고, 고구마를 굽고, 불을 쬐며 귤도 구워 먹었다. 이곳에서 지내야 한다면 이곳에서 누릴 수 있는 즐거운 생활을 매일 실천해 보자고 생각했다. 난로 속의 장작이 타는 불빛을 보며 '불멍'을 하는 것도 좋았다. 잠시 전원생활의 낭만을 즐겨보기로 했다.

아이들도 처음 접하는 환경이라 낯설고 불편해하긴 했지만 좋게 받아들이려는 것 같았다. 태희는 또래 친구들이 없는 이곳에서 골든 리트리버를 기르며 함께 산책하고 싶다고 했다. 골든 리트리버 대신 이웃집의 누렁이가 '초코'라는 이름으로 식구가 되었다.

윤희는 거실에서 스케이트보드를 타도 되겠다며 한쪽 구석에 놓여 있던 스케이트보드를 꺼내 거실에서 보드를 타기도 했다. 윤희는 시간이 날 때마다 자전거 앞 바구니에 초코를 태우고 동네 탐방을 나섰다. 그렇게 돌아다니는 딸아이가 걱정됐지만 한편으로는 이런 환경을 경험하는 것도 괜찮다고 생각했다. 갑작스럽게 이사하게 된 상황에서도 불평 없이 지내는 아이들이 기특하면서도 미안하고 고마웠다.

집 밖으로 나가기가 어색하고 불편했다. 아이들이 돌아올 시간에 맞춰 마중 나가보려 하지만 동네 개 짖는 소리가 신경 쓰였다. 버스에서 내려 집까지 걸어오는 길, 인적없는 길에서 어슬렁거리며 돌아다니는 개를 보고 놀라지는 않을까 걱정했다. 버스 시간에 맞춰 인기척 없는 길에 나와 아이가 올 길을 보지만 쉽게 발걸음을 떼지 못했다. 버스가 정류장에 멈추고 아이가 오는 모습이 보이면 용기를 내 큰 걸음으로 다가갔다. 그렇게 서로의 실루엣을 확인하고 만나, 한적한 시골 밤공기와 풀 향기를 느끼며 나란히 걸었다.

등굣길은 아침마다 분주했다. 이른 아침부터 서둘러도 언제나 빠듯한 출근길이다. 그래도 함께 집을 나설 수 있음에 감사하며 호흡을 진정시킨다. 매일 아침 나한테 주문을 건다. 언제 또 이런 곳에서 살아보겠냐며, 있는 동안만큼은 이곳의 생활을 즐기자고. 지금, 이 순간의 삶도 사랑하자고.

처음 잠깐 머물 거란 기대와 달리 중학생 고등학생이었던 아이들이 졸업하고 상급 학교로 진학하는 동안에도 변화는 없었다. 모두가 서서히

지쳐가기 시작했다. 시간마다 한 대씩 운행되는 마을버스도 힘들었고 첫차와 막차 시간을 맞춰 생활해야 하는 아이들의 학교생활도 불편하고 신경 쓰였다.

용기를 내어 처음으로 부동산을 방문했다. 생활 공간은 작아졌고 매달 지급해야 하는 임대료가 겁이 났지만, 그래도 버스 시간 확인하며 인적 드문 밤길을 걷는 불편함으로부터는 자유로워졌다.

계약기간 2년은 빨리 돌아왔고 하늘 높은 줄 모르고 고공 상승하는 집값을 보면서 또다시 이사해야 하는 다음이 걱정되었다. 이사도 젊었을 때 다니는 거지 이 나이에 이사 걱정이나 하고. 이런저런 생각을 하며 퇴근하는 길, 도로를 달리는 차들을 본다. 뒤에서 따라오던 민트색 캐딜락 SUV가 내 앞을 추월해 달린다.

UN이 발표한 새로운 나이 구분을 본다. 다시 청춘을 꿈꾼다. UN이 발표한 새로운 나이 구분에 따르면 18~65세는 청년, young people이란다. 80세가 넘어야 노인이라고 하니 다시 청춘을 꿈꿔본다.

'젊어서 고생은 사서도 한다.'라는 속담을 생각하며, 지금은 삶이 나에게 또 다른 문을 열 기회를 주고 있다고 생각한다. 제2의 청춘을 다시 살아보라고 내게 준 기회라 생각하며 고맙게 받아들이려고 한다.

대가 없이 주어지는 삶이 없듯이 지금의 힘듦이 내 삶의 주인공으로 거듭나는 인고의 시간이라고 의심 없이 믿어 본다.

삶에 '고통 총량의 법칙'이 있다면 이제는 '행복 총량의 법칙'만 내게 남아 있다고 생각하니 조금 전 나를 추월해 달리던 캐딜락도 부럽지 않다.

이 또한 지나가리라

뜨거운 여름이다. 매미는 잠도 안 자는지 이른 아침부터 늦은 밤까지 지치지도 않고 울어댄다. 살인적인 더위가 세계 곳곳에서 수백 명의 사망자와 재난 사건을 일으키고 있다는 뉴스를 본다. 모스크바도 예외는 아니라고 했다.

저녁 뉴스는 서울 용산구의 기온이 38도에 달했고 심지어 건물들이 밀집한 표면온도는 50도를 웃돌았다고 했다. 폭염경보를 주의보로 잘못 알고 훈련받던 경찰 교육생 3명이 의식을 잃었다는 소식과 함께 올여름 살인적인 더위 소식을 전했다.

오랜만에 산책했다. 입추가 지난 산책길 여기저기서 무성하게 자란 키 큰 풀들이 잘려 나가고 있었다. 짙은 그늘을 만들던 나뭇가지도 잘렸다. 곳곳에서 짙은 초록이 잘리고 쓰러지고 있었다. 진한 풀냄새가 진동하며 사방으로 퍼져간다. 이제 머지않아 매일 30도를 훌쩍 넘는 폭염경보, 폭염주의보 날씨도 사라질 것이다. 공기의 미세한 온도 변화를 느낀다. 여름 동안 게으름과 무력함으로 태만했던 나를 돌아보며 다시 전열을 가다듬는다. 내 삶에 '미안'해하지 않도록 노력하자고 약속한다. 흘러가는 시간 앞에 무방비 상태로 나를 방치하지 말자고. 앞으로 '오래오래'는 아니지만 '죽을 때까지 행복하게 잘 살았습니다.'로 마침표를 찍고 싶은 것이 나의 소망이다. 한여름 밤의 꿈으로 끝나지 않길 바라며, 새로운 계절을 맞이하듯 새로운 마음가짐을 가져본다.

요 며칠 거동이 불편할 정도로 무릎이 아파 병원에 다니다 보니 마음이 살짝 약해졌다. 우울한 생각을 떨쳐내려고 집을 나섰다. 특별히 목적지가 정해져 있는 것은 아니었지만 제2자유로를 달려 임진강이 내려다보이는 절에 다녀왔다. 코로나 전에는 주말에 자주 다녔는데 사회적 거리두기로 뜸했다. 길은 막힘이 없었다. 사슴벌레길 양옆으로 거침없이 위풍당당한 자세로 곧게 뻗은 오래된 플라타너스가 짙은 그늘을 드리운다. 그 길을 지나는 것만으로도 내겐 위안이 되었다. 김현승 님의 시 「플라타너스」가 떠오르는 길이다. 혼자 중얼거려본다.

"넌, 네 꿈을 알고 있기는 하냐고 물으며 하늘을 본다. 그런 내게 플라타너스는 소리 없이 웃어준다."

응원할 테니 네 꿈, 꼭 이루라고 말하는 것 같다.

파란 하늘엔 금방이라도 뽀드득 소리 내며 쏟아져 내릴 듯한 뽀얀 구름이 기분 좋게 걸려 있다. 풍경이 나를 위로한다. 그리고 보니 사슴벌레 길이란 도로명을 알게 된 것도 최근의 일이다. 여러 번 이 길을 지나면서도 주변을 돌아보지 않고 앞만 보고 달렸었다.

제2자유로를 달려 플라타너스의 길을 지나며, 잎을 다 떨구어낸 굵은 가지들만 남은 나무들이 파란색의 S극과 빨간색의 N극의 말굽자석을 닮았다 생각한 적이 있었다. 겨울에 처음 이 길을 지날 때, 이 길이 짙푸른 그늘을 만들던 내가 지나던 그 길이 맞나 하는 생각이 들 정도로 낯설었다. 바싹 마른 넓은 잎이 바람에 날리는 가을에도 볼 수 없는 모습이었다. 겨울이 되면서 하나씩 털어내는 나무, 모든 것을 벗어낸 나목으로 길가에 우뚝 선 나무들은 한결같이 뭉툭 뭉툭 잘려 비슷한 모습으로 자리하고 있었다. TV에서는 가로수의 가지들이 잘려 다듬어진 나뭇가지를

'닭발' 같다고 했다.

한여름의 넉넉한 그늘을 만들어 주던 나무의 모습은 보이지 않았다. 나무도 자신이 원해서 그렇게 된 것은 아니다. 누군가가 생각하는 모습으로 그렇게 되었을 뿐이다. 그래도 봄이 되면 눈부신 싹을 틔워내고, 여름이면 넓은 나뭇잎으로 그늘을 만들어 준다. 가을엔 바싹 마른 커다란 나뭇잎이 바람에 날리고 나뭇가지의 열매는 파란 하늘과 한 폭의 그림을 선사한다. 그렇게 늘 같은 자리를 지키고 있는 나무의 삶도 선택의 연속이다. 온 힘을 다해 지금, 이 순간에 집중하고 있겠지. 오늘 하루가 삶의 전부인 것처럼 살아내는 나무를 보면서 한 그루의 나무가 보여주는 인생 사계절의 변화가 경이롭다. 계절 따라 변하는 나뭇가지들, 그들이 만들어내는 풍경을 보면서 내일을 걱정하느라 오늘을 힘들게 하지 않기로 했다.

이런저런 생각을 하면서 도착한 절엔 언제나처럼 따뜻한 차와 고즈넉한 풍경이 나를 맞아 주었다.

스님은 물을 끓여 다기를 데우고 보이차를 우려낸다. 따뜻하게 데워놓은 다기에 차가 담긴다. 찻잔을 비워내면 다시 다기에 차가 채워지고, 난 또 찻잔을 비워내고. 이렇게 여러 번 찻잔을 비워내고 채우며 마음도 채웠다. 말하지 않아도 그저 차만 마셔도 공간이 주는 위로, 탁 트인 창으로 들어오는 반짝이는 강물의 옅은 출렁임이 따뜻하게 마음을 채워주었다.

절에 다녀오고 나니 기분이 좋아졌다. 길에서 만난 나무처럼, 반짝이는 강물처럼, 나 또한 나무처럼만 살다 가도 좋겠다고, 반짝이는 강물처럼 유유히 흐르는 삶을 살았으면 좋겠다고 생각했다. 누구에게나 짊어지고 가야 할 인생의 무게가 있다. 그것이 생의 대가라면 그 또한 기꺼이 받아들이고 살아야겠다고 생각했다. 백창우 시인은 "날마다 어둠 아래 누워 뒤척이다가 아침이 오면 개똥 같은 희망 하나 가슴에 품고 다시 문을 나서는" 것이 인생이라고 했다. 나 또한 그런 것 같다.

곳곳에서 온 힘을 다해 여름의 흔적을 남기는 풀벌레를 본다. "안되면 돌아가면 되고, 쉬어가면 되지."라는 마음의 여유도 생긴다. 주어진 하루하루 후회 없이 최선을 다해 살다가 미련 없이 자연으로 돌아가고 싶은 마음이다.

달라진 것은 없다. 여전히 시간은 흐르고 계절이 바뀌듯 나의 삶도 바뀔 것이다. 끝나지 않을 것 같던 살인적 더위도 지나고 있다. 변하지 않는 것은 없다. 나의 지금의 모습도 시간이 지나고 나면 과거의 기억 속에 담길 것이다. 다시 나무처럼 단단한 삶을, 강물처럼 유유히 흐르는 삶을 생각해본다. 오늘도 내일도 뿌리 깊은 나무처럼 흔들리지 않고 묵묵히 나의 삶을 살아갈 것이다. 더 나은 내일을 희망하며 나의 삶의 태도를 점검해 본다. 새롭게 시작하는 오늘, 다가올 계절을 맞이할 준비를 한다.

잘되리라는 꿈

    내가 행복해지는 것도 경쟁력이라는 말, 어제보다 오늘 더 행복해지려고 노력한다. 상황이 어떠하든 지금 행복할 수 있어야 하고 자유로울 수 있어야 한다. 이제 더 이상 꿈만 꾸는 내가 아니라 꿈을 실현하고 행복과 자유로운 나를 희망한다. 자기 인생은 자기 외에 책임져줄 사람이 아무도 없다. 행복도 불행도 모두 내가 만드는 것이라는 말, "인내는 쓰고 열매는 달다."라는 말을 떠올린다.

    학생들한테 질문한다. 원소, 원자, 분자의 개념을 묻고 우리 몸은 무엇으로 구성되어 있다고 생각하는지를 묻는다.

"우리 몸의 약 80%가 물로 구성되어 있으니, 수소 산소가 있겠네요."

"운동 후에 이온 음료를 마시니까 나트륨, 마그네슘, 칼슘 이온들도 있 겠네요."

"빈혈이 있을 때 철분제를 섭취하니까 철도 있겠네요."

학생들이 답하고 질문한다.

"땀이나 콧물, 눈물은 무엇으로 되어 있어요?" 끝이 없다. 이쯤에서 중 단하고 내가 질문한다.

"우리가 알고 있는 가장 비싼 보석은 뭘까? 왜 그런 친구들 있지 수학 문제 풀다가 잘 안 풀리면 괜히 만만한 연필에 심술부리고 샤프심에 화 풀이하는 친구들. 다이아몬드하고 흑연, 이 둘의 화학식은 뭘까? 같을 까? 다를까?"

"같아요."

이쯤에서 탄소 동소체에 관한 이야기를 한다. 가장 비교하기 쉬운 다 이아몬드와 흑연을 중심으로 그 구조와 성질을 설명한다. 그리고 지금은 인공적으로 합성한 다이아몬드가 천연 다이아몬드와 구별하기 힘들 정 도로 아름답게 만들어지고 있다는 이야기와 함께 애완동물이나 고인의 모발, 유골에서 다이아몬드를 합성하는 기술도 개발되고 있으며 이젠 고 인과의 행복했던 추억도 영원히 소중하게 간직할 수 있게 되었다는 이야기도 들려준다.

"편안함을 추구한 숯과 온갖 고초를 다한 후에 태어난 다이아몬드, 겉보기에 전혀 닮지 않았지만, 그들은 형제였다. 우리의 몸도 물질의 세계로 본다면 수소, 탄소, 산소, 철 등 수십 종류의 서로 다른 원소들로 구성되어 있다. 우리는 저마다 아름다운 보석이라는 씨앗 하나씩을 다 가지고 있다. 그 보석의 가치는 각자의 노력에 따라 달라진다."라며 첫 시간을 시작한다. 어쨌든 '별처럼 빛날 우리 모두'의 반짝이는 내일을 위해 오늘 힘들어도 열심히 하자고 했다. 어쩌면 매번 새로운 곳에서 다시 시작하는 내게 하고 싶은 말이기도 했다.

"애들 학교 다 따라다니면서 직장생활을 어떻게 하려고 그래요, 이 자리까지 그냥 온 줄 알아요?"

"그 나이에 일하는 걸 보니 무슨 사연이 있는 것 같은데."

"방학에는 업무가 없으니 방학 기간은 계약 기간에서 빠져서 그렇게 됐어요."

"샘은 잠깐 있다 갈 사람인데 여기저기 참견하지 마세요."

"그 나이에 어디 가서 이만큼 월급을 받고 일하기가 쉬워?"

참 많은 말들을 들었다. 시간이 흘렀어도 불편하고 힘들게 했던 말들은 지워지지 않았다. 지금은 근무 환경도 많이 변했고 내 마음도 단단해졌다. 하지만 가끔 불쑥불쑥 기억들이 튀어나오면 탄소 이야기로 마음 챙김을 한다. 어제보다 오늘이 더 나으니 충분히 잘하고 있다고 다독인다. 나의 태도도 달라졌다.

개학 전 백신 2차 접종을 하러 갔다. 날씨는 입추가 지났는데도 여전히 덥고 소나기가 자주 내렸다. 집에서 나설 때만 해도 구름 한 점 없는 뙤약볕이었다. 얼마 가지 않아 소낙비가 무섭게 쏟아졌다. 그 기세로 봐서는 그칠 것 같지 않았다. 접종 장소인 광장에 도착했을 때는 언제 비가 내렸는지 알 수 없게, 처음 집을 나설 때와 같은 뙤약볕이 따가웠다.

광장에 피어 있는 해바라기가 햇살과 잘 어울렸다. 광장을 날아다니는 나비도 보였다.

고흐가 생각났다. 노란색 표지의 나비 그림이 있는 『꽃들에게 희망을』이라는 책도 생각났다. 광장을 천천히 가로질러 걸으며 생각했다. 왜 해바라기를 보면 고흐가 떠오르는지, 그의 그림이 먼저일까? 아니면 아무도 알아주지 않는 세상에서도 오로지 그림으로 삶을 불태웠던 그의 삶에 대한 애정일까? 위대한 예술가의 인생을 말하기가 조심스럽다. 어느 곳에서도 희망의 붓을 놓지 않았던 화가. 그는 알고 있었을까? 생전에 그림 단 한 점밖에 팔지 못했던 자신이 얼마나 유명한 화가가 될지를.

백신접종 시간에 맞춰 고3 아이들도 광장을 지나고 있었다. 날씨 때문인가? 삼삼오오 짝을 지어 걸어오는 아이들의 모습이 햇살에 반짝인다. 발걸음이 나비처럼 가볍다.

수많은 애벌레가 올라가려는 기둥 너머에 희망이 있다고 생각한 줄무늬 애벌레가 수단과 방법을 가리지 않고 기둥을 올라간다.『꽃들에게 희망을』은 나비를 통해 삶의 의미를 찾아가는 과정을 들려준다.

"여러분, 여러분은 모두 다이아몬드와 같습니다."라는 나의 단골 멘트가 입안에 맴돈다.

한여름 뙤약볕을 지나가고 있는 사람들의 모습이 해변의 모래알처럼 반짝인다. 모든 꽃이 봄에만 피는 것도 아니고 소나기도 계속되는 게 아니다. 해바라기가 피어 노랗게 물든 광장을 지나는 사람들이 노란 날갯짓으로 다가온다. 소나기가 그친 광장에 서서 꿈을 향한 날갯짓을 해본다. 다 잘될 것 같은 희망을 품어본다.

60대는 굿 라이프

2020년, 3월 2일에 예정이었던 등교 개학이 3차례 연기되었다. 잡힐 듯 잡히지 않는 코로나19 바이러스, 개학을 더 미룰 수 없다고 판단한 교육부는 온라인 개학, 온라인 수업을 발표했다. 온라인, 디지털 지원 서비스, 원격수업이 매일 화제다.

"온라인 수업? 그게 가능해?"온라인 수업에 필요한 기기 및 사용 플랫폼과 진행방식을 익혀야 했다. 먼 미래라 생각했던 온라인 개학, 온라인 수업은 시행착오를 겪으며 어느새 익숙해지고 있었다. 온라인으로 실시간 수업을 진행하라고 했다. 될 수 있으면 실시간 화상수업이면 더 좋겠다고 했다. 덜컥 겁이 났다. 기술적인 문제도 화면에 비치는 내 모습도 기계음으로 전달될 나의 목소리 등 모든 것이 신경 쓰였다. 어느 것 하나 맘에 드는 것이 없었다.

코로나19는 우리의 생활 방식을 순식간에 180도 바꾸어 놓았다. 출퇴근을 원격으로 보고하며 재택근무를 하게 되었다. 재택근무와 출퇴근을 병행했다. 학생이 없는 학교에서 온라인 수업을 위한 연수를 받으며 수업하고 수업을 준비했다. 모두가 처음이다. 조바심 내지 말고 천천히 알아가면서 해도 괜찮다고 스스로 위로도 해본다. 적응이 쉽지 않아 어색하고 겁이 났다. 어쩔 수 없었다. 계약할 때만 해도 이런 상황은 상상도 못 했다. 생각하면 한 치 앞도 알 수 없는 현실이라는 것이 지금 내 상황과 비슷하지 않을까 하는 생각이 들었다.

"뭐 이런 경우가 다 있지?" 구인 공고가 여러 번 올라오는 것을 보면서도 이젠 학교에 미련이 없다고 생각했다. 관심을 두지 않기로 했다. 그렇게 시간을 보내며 겨울방학도 끝나가고 있었다. 새롭게 이동해야 하는 사람들에게는 참으로 복잡미묘한 시간이다. 함께 근무하고 있는 선생님들은 다음 학년도에 관한 이야기를 나누고 있었다. 나의 거취를 궁금해하는 원희 샘이 어떻게 지낼 건지 내게 물었다.

"계속 공고가 올라오는 학교가 있기는 한데, 계약 기간이 좀 애매해." 라며 말을 건넸다. 원희 샘은 "내가 아는 선생님이 그 학교에 근무하고 있는데 무슨 사정이 좀 있는 것 같긴 해."라며 알 듯 말 듯한 말을 한다. 사실 처음 기간제 교사 일을 할 때는 잠깐만 하고 그만둘 생각이었다. 매번 마지막이라고 생각은 그렇게 하면서도 겨울방학 때쯤이면 습관적으로 구인 공고란을 찾아봤다.

"응, 나도 봤지? 여러 번 공고문이 올라오더라고. 거리도 여기보다 좀 멀기도 하고."

갑자기 걸음을 멈춘 원희 샘이 특별히 다른 계획이 있냐고 물었다. "다음엔 뭘 할 거야?"

"글쎄? 뭘 하지?" 명쾌하게 답하지 못했다.

퇴근길의 나는 "그럼 뭘 하지?"라는 말이 계속 맴돌았다. 다음에 뭘 해야 할지, 뭘 하고 싶은지 선명하게 떠오르는 게 없었다. 교육청 홈페이지에 들어가 사이트를 확인했다. 아직 사람을 구하지 못한 곳, 급하게 올린 사이트가 드문드문 보였다. 낮에 원희 샘과 이야기한 학교의 공문은 다음 페이지로 넘어가 있었다. 내용을 클릭하여 접수 기간을 확인하고 이력서를 보냈다. 2020년 3월, 그 누구도 상상하지 못한 신학기를 맞이했다.

　뉴스가 보도하는 사회 전반적 분위기가 심상치 않다. 코로나19 바이러스는 모든 일정을 다시 재조정하게 할 만큼 무서운 위력을 발휘했다.

　3월 2일 연기된 개학은 4월에 반쪽짜리 개학으로 이루어졌다. 새 학기 첫 만남, 서로 마스크를 쓰고 사람 간 2미터(최소 1미터) 이상 거리두기 지키기를 강조하면서 이루어졌다. 그런 만남마저 격주로 등교 수업과 온라인 수업이 진행되었고, 오전 오후 나누어 등교하는 날로 연결되었다.

　모두가 처음 겪어보는 상황이다. 빠르게 잘 적응하고 싶었다. 개인 능력의 차이보다 나이가 들어 못한다는 말을 듣고 싶지 않았다. 개학이 연기된 3월의 분주함은 새로운 배움의 시간이 되었다. 예전과 다른 방식의 온라인 강의다. 온라인 강의는 또 다른 온라인 내용으로 연결되고, 그렇게 꼬리에 꼬리를 문 클릭을 하면서 온라인, 모니터 화면 속에서 모르는 많은 사람을 만나게 되었다.

　100세 시대에 정말 현역의 삶을 사는 어르신들부터 시작해서, 몽골, 미국, 아프리카 등 재외교포들도 시공간의 차이는 있지만 한 화면을 공유하며 함께했다. 디지털 세상이 조금씩 일상으로 들어왔고 흥미로워지기 시작했다. 또 다른 세상이 보이기 시작했다.

코로나19가 일상을 변화시킨 시간이지만 내 맘은 새로운 세상에서 다시 새롭게 시작하고 싶은 마음이 간절해졌다.

꼭 좋은 것만 좋은 것은 아니라는 생각이 들었다. 다른 사람들이 피하던 그 자리를 선택한 나는 온라인을 해야만 하는 상황을 맞이하게 되었다. 덕분에 새로운 배움을 해야만 할 기회를 강제적으로 갖게 되었다. 만약에 간절히 원하는 것도 없이 그냥 '하고 싶은 일'을 할 거라며 있었다면, '어느 날 갑자기 변한 일상에 적응은 잘 했을까?'라는 생각이 들었다.

온라인 배움터에서는 다양한 연령대의 사람들과 함께했다. 많은 사람이 배움과 열정을 가지고 인생 이모작 삼모작을 준비하는 모습을 보면서 다시 힘을 얻는다.

'열심히 살았는데 왜 이렇게 나만 힘들까?'라고 생각했는데, 온라인에서 만나는 많은 사람을 보면서 내 삶을 다시 돌아보게 되었다. 내 삶이 그렇게 나쁘지만은 않은 것 같은 생각이 들었다.

이제는 나를 위한 투자에 인색해지지 않으려고 한다. 너무 늦지 않게 생각할 수 있어 다행이라 생각하며 "카르페디엠, 아모르파티!"를 외쳐본다.

지금이 전부인 것처럼, 나의 운명을 사랑하며 오늘도 열심히 잘 살겠다고. 가수 김연자의 〈아모르파티〉를 흥얼거려 본다.

"모든 걸 잘할 순 없어. 오늘보다 더 나은 내일이면 돼. 인생은 지금이야."

노래 가사가 귓가를 맴돈다. 나도 모르게 실룩이는 입꼬리가 올라간다.

"인생이란 멀리서 보면 희극이지만, 가까이서 보면 비극이다."라고 하지 않던가. 모든 걸 다 잘할 순 없었지만, 그래도 오늘보다 나은 내일을 꿈꾸는 지금, 가슴이 뛰는 대로 항로를 설정해본다.

다시 리부트하는 내 삶을 응원하며 어게인 마이 라이프, 굿 라이프를 외쳐본다.

감정적 독립이 필요합니다

"꼰대라고?" 그냥 못 들은 척하고 말걸, 굳이 말을 물고 늘어졌다. 생각을 읽기라도 한 것일까? 윤희는 평소처럼 그냥 아무렇지도 않게 장난처럼 말하고 있었다.

"그냥 못 들은 척이라도 하지."

"맞는 단어가 하나도 없잖아. 어떻게 그렇게 들을 수 있어."

"나이 들어서 그렇다니까."

평소 같았으면 웃으면서 "내가 좀 꼰대 짓을 했나? 나이가 들긴 들었

나 봐. 이젠 말도 잘 못 알아듣네…." 하면서 장난으로 받았을 말에 언성
이 높아졌다. 요 며칠 몸 상태가 좋지 않았다. 코로나19 백신접종 이후로
는 덥다고 외출도 안 하고 집 안에서만 지내고 있었다. 행동이 둔해지고
움직일 때마다 무릎이 아팠다. 바닥에 다리를 구부리고 앉을 수 없을 정
도로 통증이 느껴졌다. 무릎 마사지도 해보고 파스를 붙여봐도 나아지지
않았다.

　다음 날 아침 일찍 병원 문 여는 시간에 맞춰 진료받으러 갔다. 현관 앞
계단을 내려가는데도 평소와 다르게 걸음 속도가 느려졌다. 나도 모르게
난간에 의존하며 몇 개 되지 않는 계단을 내려가고 있었다. 반대편에서
올라오는 할머니의 모습이 지금 내 모습과 비슷했다. 2층에 있는 병원에
가면서도 엘리베이터를 기다렸다. 평소라면 계단을 이용했을 텐데 덜컥
겁이 났다. 갑자기 나타난 불편한 몸의 변화에 예민해졌다.

　"이 연세쯤 되면 모두 병원에 다닙니다."라고 의사는 말했다. 그동안
아무 문제없었고 갑자기 나타난 증상이라고 얘기를 하는데도 "처음에는
다 그래요."라며 일반화시켜 설명한다.

　의사는 진료하면서 앞으로의 처방에 대해서도 쉬지 않고 말한다. 의사
가 지금 무슨 말을 하고 있는지 알아들을 수 없었다. 다만, '지금 진료를

받는 이 상황이 앞으로 계속될 나의 모습이면 어떡하지?'라는 생각만이 계속 맴돌았다.

"X-ray와 초음파 검사를 하고 무릎에 고인 물을 빼고, 물리치료 받으셨습니다. 오늘은 여기까지 하시고 내일 오시면 엉덩이 주사도 맞고…." 의사는 계속 말하는데 나는 너무 혼란스럽다.

지금까지 건강하게 잘 살아왔다고 생각했다. 2년 전만 하더라도 같이 근무하던 원희 샘은 나보고 모델을 해도 잘 어울릴 것 같다고 했다. 나는 "아직도 내가 좀 괜찮지?"라며 기분 좋은 농담도 건넸었는데. 시니어 모델은 아니어도 항상 현역처럼 일하며 살고 싶었다. 건강하게 일하는 삶을 희망했는데. 몸이 아프고 불편을 느끼다 보니 만사가 귀찮아졌다.

"이쪽 한번 보세요."라며 의사가 부른다. 의사가 가리키는 쪽을 본다. 주사기 속 노란색의 액체가 보인다. 무릎에서 뺀 물이라고 했다.

"선생님, 너무 많은 얘기 해주지 마세요. 저 내일도 진료받으러 올 거니까 오늘은 여기까지만 설명해주세요."

진료받고 집에 오니 윤희가 어디 다녀오냐고 물었다. "정형외과. 진료받고 왔어. 퇴행성 관절염이래. 나이 들어서 그렇다고 하네."라며 툭툭 세상 혼자 가여운 듯 말했다.

"내 말이 맞잖아. 나이 들어서 그런 거라니까. 관리 좀 하라고 했잖아.

운동도 하고 살 좀 빼라고."

"요즘 아침저녁으로 운동하고 있어." 투정 부리듯 변명하는 말투가 나도 모르게 나왔다.

"그렇게 해서 운동이 돼? 자전거에 먼지 좀 봐, 타는 걸 못 봤어요. 쯧쯧." 얼굴은 태블릿 모니터를 향한 채 고개도 돌리지 않고 장난스럽게 말한다. 위로를 원했던 걸까? 뒷말은 못 들은 척하면서, "넌 언제 나갈 거야?"라고 말했는데 갑자기 왜 화를 내냐며 보던 태블릿을 덮어버린다. 그 태도가 못마땅했다. 언제 화를 냈냐고 하는 내게 윤희는 지금 내가 화를 내고 있다고 했다. 목소리에 짜증과 화가 많이 섞여 있었던 걸까? 조금씩 서로의 대화에 장난기가 사라졌다. 불만과 짜증이 섞였다. 재수하는 딸과 나는 요즘 부쩍 서로 예민해져 있었다.

매일 폭염 주의보에 36~37도를 넘나드는 날씨도 짜증난다. 오늘 아침도 일어날 줄 모르고 계속 자는 아이를 보면서 깨울까 말까 고민했다. 짧은 수면이 피곤할 수도 있겠다는 생각에 혼자 조용히 병원을 다녀왔다.

아직 오전인데도 더운 공기에 숨이 막혔다. 환기를 시키려고 열어두고 나갔던 문을 닫았다. 매일 흔들리고 초라해지는 나를, 지금도 올라오는 화를 꾹꾹 눌러 닫는다. 온몸에 힘이 잔뜩 들어간다. 내 생각이 행동과 같지 않아 별일 아닌 것에도 마음이 쓰였다.

이럴 때일수록 서로 다치기 쉬운 마음을 살펴야 했는데…. 나도 모르게 습관적으로 화가 올라왔나 보다. 오늘도 나는 내 마음 알아차리기를 연습한다. 어떤 상황이든 감정을 조절하지 못해 생기는 어색함을 만들고 싶지 않다.

요즘은 아침 요가를 하고 출근한다. 힘들 것 같은 데 의외로 더 힘이 난다. 힘이 들어야 힘이 생긴다고 힘든 과정을 따라 하려고 애쓴다. 억지로는 아니다. 나의 가능성을 시험해 본다. 강사의 말대로 유연하게 따라 하는 회원을 애써 따라 하려고 하지 않는다. 내가 할 수 있는 만큼 해내며 다음 단계로 나아가는 나를 생각한다. 수업이 끝나고 두 손을 합장하고 스스로 나를 도닥인다. 참 잘했다고. 내일도 오늘처럼 잘하자고 인사한다.

몸도 마음도 모든 것에 유연하게 대처할 수 있는 흔들리지 않는 단단한 나를 매일매일 연마해 나갈 것이다. 감정에 휩쓸리지 않는 단단한 마음으로 흔들리지 않는 나를 만든다.

조금 다르게 살면 안 되나요?

잘난 사람들이 너무 많다. 똑똑하고 배움 잘하고 실행의 달인인 사람들. 나도 그들처럼 변화의 속도에 맞춰 따라 해보려 하지만 생각처럼 쉽지 않다. 매번 생각으로 그치고 마는 경우가 많았다. 그러면서 나의 능력을 의심하고 힘들어했다.

그래도 위기는 기회라고 코로나19로 생각지도 못했던 다양한 강의를 듣고 배움을 즐기고 있다. 가끔 이곳저곳 오픈톡방을 기웃거리다 보면 시간마다 수많은 강의가 빽빽하게 차고 넘친다. 간혹 호기심에 따라가기 힘들 줄 알면서도 관심 가져본다. 그런 나를 보며 호기심 잃지 않는 열정에 피식 웃음이 나오기도 한다.

100세 철학자로 불리는 김형석 교수의 말을 빌리면 사람은 성장하는 동안은 늙지 않는다고 한다. 인생의 황금기는 60~75세라는 말에 위안을 얻는다. 용기를 가져본다. 무엇을 할 수 있을까가 아니라 지금 무엇을 해야 할까에 생각이 머문다. 느리더라도 변화하는 시대에 멈추어 서 있는 내가 아니라 성장하는 나를 꿈꿔본다.

주변에서는 이런 나를 안쓰럽게 보는 사람들도 있다. 그 나이까지 밥벌이하려고 이것저것 배우러 다닌다며 곱지 않은 시선이다. 어디를 가도 나이가 많다 보니 나이 많은 게 잘못도 아닌데 자꾸 주눅 들고 시선들이 불편해졌다. 오히려 나이 많은 지금이 나는 편하다.

'위기는 곧 기회'라는 말은 맞는 것 같다. 코로나로 온라인을 접하고 온라인에서 배움을 갖고 내 인생의 계획을 다시 세우게 되었다. 잊고 살아온 내 삶에서 '나'를 찾는다. 매일 조금씩 더 나아지는 나를 만난다. 능력은 꿈에 맞춰 성장한다고 하던데, 이루지 못한 꿈을 이제 시작한다. 내일의 굿 라이프를 꿈꾸는 지금 배움이 즐겁다. 지금껏 살아온 나의 삶을 돌아본다. 어제와는 다른 꿈이 지닌 힘을 믿으며 도전한다. 한 걸음 한 걸음씩 천천히 걸으며 도전하는 나를 응원한다. 내 삶을 희망한다.

누군가 '내 나이'를 꺼리면 어떤가? 내 나이가 어때서. 꿈에도 나이가 있냐고 물을 것이다.

비대면이 대세인 요즘, 굳이 대면 상담을 요청했다. 한 시간 상담이었지만 반나절이 걸렸다. 상담을 하고 집으로 돌아가는 길은 기분이 별로였다. 시청에서 덕수궁을 끼고 광화문 쪽으로 걸었다. 오랜만에 걷는 거리는 모든 것이 낯설게 보였다.

20대 첫 직장이 근처였다. 30년 정도의 많은 시간이 흘렀다. 목청껏 울어대는 매미 소리가 들리지 않는 듯 무심하게 길을 걸었다. 날개를 길바닥에 붙인 매미가 눈에 띄었다. 잠시 걸음을 멈추었다. 사방에서 매미 울음소리가 정신없이 들려왔다. 길을 걷는 사람들을 의식하며 길바닥의 매미 쪽으로 몸을 움직였다. 이젠 오고 가는 사람들의 소리가 무음 처리된 듯 주위가 고요하게 느껴졌다. 한쪽 날개를 다친 매미는 다른 한쪽 날개를 파닥이며 날려고 애쓰고 있었다. 그렇게 애쓸수록 매미는 길 한가운데로 조금씩 움직여갔고 사람들의 발걸음은 점점 더 가까워졌다. 급한 마음에 매미를 집어 들어 가방 속 주머니에 넣고 사람들 사이에 섞여 광화문 광장 쪽으로 걸었다.

가방을 열자 죽은 줄로만 알았던 매미가 날갯짓한다. 잡으려고 하자 매미는 앞발을 움직여 가방에서 떨어지지 않으려고 애쓴다. 손가락에 힘을 주어 매미를 떼어낸다. 살아 있어 다행이라는 생각이 들면서도 마음은 불편했다.

매미는 땅속에서 7년을 살다가 허물을 벗고 여름 한철을 살다 간다고 하는데. 그마저도 다 누리지 못하고 한여름 뜨거운 인도에 쓰러져 있었던 걸 생각하니 살아간다는 것이 쉽지 않다는 생각이 들었다. 시끄럽게 울어대는 매미 소리가 절규하듯 들려온다. 어디에도 쉬운 삶이란 없지만, 어디든 좋은 삶 또한 있지 않을까 생각해본다.

무심히 올려다본 하늘은 한여름의 푸름을 가득 담고 있다. 건너편 교보빌딩의 글판도 파란 하늘을 담은 바탕에 구름이 지나듯 "올여름의 할 일은 모르는 사람의 그늘을 읽는 일"이라는 문구가 흰색으로 적혀 있다.

'올여름의 할 일'

'모르는 사람'

'그늘을 읽는 일'

집으로 돌아오는 버스 안에서 글판의 글을 검색해 본다. 허물 벗은 매미가 등장한다.

집으로 돌아오는 버스 안에서 한여름의 풍경과 광화문 글판의 글이 자꾸 생각났다. 올여름 나의 할 일도 떠올려 봤다. 자꾸 미뤄지고 멈춰서는 내 모습이 나를 힘들게 하고 있다. 내 생각이 나뭇가지에 벗어놓은 매미의 허물처럼 빈껍데기로 사라지지 않기를 기원해 본다. 한여름의 매미 울음소리를 붙잡아 본다. 올여름 나의 할 일은 나의 지난 시간의 그늘을 벗겨내고 내 소리를 내고 싶다는 생각이다. 매미의 울음소리가 나의 울음소리처럼 마음을 울린다. 하지만 이젠 울지 않는다. 한바탕 웃음으로 희망을 말한다. 이젠 괜찮다고 말하지 않아도 정말 괜찮다. 지금 꾸는 꿈이 내일의 내 모습이다. 아직 포기하지 않았으니 언젠가는 반드시 꿈을 이루게 될 날이 있을 것이라고. 나다운 나의 모습과 나만의 속도로 내 꿈을 찾아 떠나는 여행을 시작한다.

누구처럼이 아닌 아름다운 내 인생을 살아가기를 희망하며, 나에게 따뜻한 손길을 내밀어 본다.

나는 지금도 성장하고 있습니다

배움과 성장이 비례한다면 나는 지금 성장하고 있다고 말해도 되겠다. 마음이 복잡하고 심란하다. 아무것도 하지 않고 그냥 있으면 더 불안하다. 배울 것이 많은 요즘 같을 때는 한곳에 집중하기 힘들다. 배움의 주기는 점점 짧아지고 나의 능력은 쉽게 한계를 드러낸다. 자주 의기소침해지는 이유다.

가을장마라며 제법 많은 비가 내린다. 일기예보도 오락가락 하루에도 몇 번씩 변화무쌍한 날씨다. 비 오는 날을 좋아한다. 좀 여유 있게 나서는 출근길, 비 냄새와 흙과 풀 냄새가 섞인 아침 공기가 기분 좋다. 자동차 창문을 열고 달린다. 작은 물방울이 얼굴에 닿고, 물안개가 자욱한 공릉천의 풍경을 지나면, 저 멀리 보이는 북한산의 풍경이 안개비로 몽환적인 분위기를 그려낸다. 여유 있게 북한산을 마주 보며 달린다. 멀리 바라보이는 그림의 주인공이 되어 그림 속으로 달려가고 있는 아침이다.

외곽순환도로를 달리는 찰나의 순간, 멋진 풍경 속으로 여행한다. 종종 이런 설렘을 안고 출근하는 나는 참 행복하다. 오후엔 비가 그친다고 하던데 운무를 걸친 북한산의 모습이 한 폭의 산수화다. 그렇게 잠시 타임머신을 타고 그림 속을 달려 터널을 지나며 현실을 마주한다.

현관 입구에서 방역을 마치고 안으로 들어서자 교감 선생님이 말을 걸어온다.

"이 시간에 오시면 안 막히죠?"

"네."라고 짧게 대답하고 올라가려다 말고 "오늘 출근하는 길이 너무 좋네요. 북한산이 오늘따라 그림이더라고요."라며 불필요한 말까지 덧붙였다. 인사를 하고 계단을 오르면서 멋진 풍경이 선물하는 출근길의 기분 좋음이 좋았다.

이번 주도 코로나19로 학생들이 3분의 2만 등교한다. 고3 학생들은 매일 등교하고 1, 2학년 학생들은 격주로 등교한다. 1학년 담임인 나는 이번 주 학생들을 온라인으로 만난다. 온라인상에서의 만남이 이제는 익숙해졌고 익숙해진 만큼 마음의 여유도 생겼다. 아마 학생들도 같은 마음일 것이다.

노트북을 여니 업데이트가 필요하다는 메시지가 뜬다. 다른 날 같으면 무시했을 텐데. 여유 있게 커피를 마시며 업데이트를 시작했다. 업데이트는 다음, 다음, 다음을 누르게 하고 나는 커피를 마시며 마침을 누르며 업데이트를 마쳤다. 가벼운 마음으로 재부팅을 했다.

조회 시간, 학생들을 모니터 앞으로 불러놓고 진행하려고 하는데 인터넷이 불안하다. 접속하는 학생들의 모습도 제각각이다. 모니터 속 얼굴들이 슬며시 사라져 버린다. 잠옷 차림으로 얼굴을 가리고 앉은 학생, 책상 위만 비추는 학생, 부스스한 모습으로 눈을 비비며 화면에 얼굴을 들이미는 학생, 아직도 한밤인 양 화면이 검은 학생들의 모습 등. 침착하려고 했지만 침착하기에는 학생들의 모습이 너무 중구난방이었고, 인터넷은 접속이 불안하다는 안내가 계속 뜬다. 초조해졌다. 약 3분 정도 시간이 흐른 후 인터넷은 안정적으로 연결되었지만 이미 나의 여유와 행복감은 사라졌다. 다시 접속하고 잃어버린 시간을 만회하기 위해 빠르게 진행해 보았지만 이미 시간도 기분도 엉망이 되어버렸다.

예기치 못한 상황에서도 당황하지 않고 침착하게 대응하는 여유를 보였어야 했다. 그 짧은 시간도 극복하지 못하고 당황하는 나를 보면서 더 많은 배움과 성숙의 시간이 필요한 나를 발견한다. 나이 들어간다는 것은 삶이 익어가는 것이라던데 그만큼 나의 배움과 실력도 무르익어 가면 좋겠다는 생각을 가져본다. 요즘 다시 드는 생각이지만 '사람은 죽을 때까지 배워야 한다'는 말이 와닿는다. 배워야 할 것도 많고 배우고 싶은 것도 많은 지금의 삶이 나를 성장시키고 있다는 느낌이 들게 한다.

며칠 전 윤희가 무선 이어폰을 선물하며 핸드폰에서 사용할 수 있게 설정을 해줬다. 딱히 이어폰이나 헤드셋을 잘 사용하지 않지만 있으니 좋았다. 노트북에도 연결해서 쓰려고 하는데 잘 안 된다. 노트북에서도 사용할 수 있게 해 달라고 했더니, "사 줘도 못 써요?"라며 사용 설명서 보면서 스스로 해결하라고 한다.

나도 한마디 했다. "신경 쓰지 마세요. 내가 알아서 할게요. 내가 하면 되지요." 장난처럼 말했지만 쉽지 않다. 무엇을 어떻게 조작해야 하는지 알 수 없었다. 알아서 한다고 해 놓고 이어폰을 가방 속에 넣었다.

무엇이 우리가 살아가는 데 진정 필요한 것인지 궁금할 때가 많다. 공부를 한다는 것, 성장한다는 것, 배움을 실천한다는 것. 어느 하나 쉬운 게 없다. 살며 배우고, 사랑하며 살아가는 매일 조금씩 성장하는 어제와 다른 나를 만나는 게 성장이라는 생각을 해본다.

언제부터인지 모르겠지만 처음 접하는 것들에 겁먹고 움츠러드는 나를 보면서 불안하고 불편함을 느꼈다. 지나고 보면 별것 아니었는데, 그때는 힘들었다. 이젠 생각을 바꾸기로 했다. 모른다고 겁부터 먹지 말자고. 하나씩 차분하게 들여다보면 방법을 찾을 수도 있고, 또 찾지 못했다면 물어볼 수도 있다. 나이 많다고 많이 아는 것도 아니다. 살아가면서 배우고 익히는 데는 나이는 상관없다고 생각한다. 모르면 물어볼 수도 있고 배울 용기도 가져야 한다. 같은 것을 봐도 다르게 생각할 줄도 알아야 한다.

조금 느리고 늦으면 어떤가. 배움도 삶도 나의 속도에 맞추어가면 된다. 생각을 바꾸니 이 또한 나의 즐거움으로 남겨준 딸한테 고맙다. 항상 현역의 삶을 살고 싶다는 나의 꿈을 위해서라도 용기를 내야 한다. 배움에 나이는 중요하지 않다. 내가 알고 있는지, 모르는지가 중요하다.

평생교육, 평생학습을 떠올리며 작은 변화와 성장을 시도해 본다. 용기 내어 배움을 선택하니 내 삶이 풍요롭게 성장하는 기쁨이 느껴진다.

우리는 모두의 별입니다

"무슨 얘기를 하고 싶어요?", "그래서 뭘 원하시는지? 듣고 보니 지금 하는 일은 아닌 것 같고.", "선생님이 원하는 삶이 뭐예요?", "네, 그런데요.", "선생님이 지금까지 해 오신 일을 그렇게 말씀하시면 안 되죠. 14년 동안이나 학생들을 가르쳤다면서요…."

상담은 이상하게 진행되고 있었다. 내가 기대했던 상담이 아니었다. 상담사는 친절하지 않았다. 나는 질문하려고 생각해왔던 말들을 하지 않았다. 할 말이 없었다. 한참을 얘기한 것 같은데 머릿속은 텅 빈 느낌이다. 돌아오는 길에는 한여름 뙤약볕도 느껴지지 않았다.

상담사는 내게 자존감이 부족하다고 했다. 내년에도 다시 상담하게 되면 15년 동안의 이야기만 할 거냐며 나를 다그쳤다. 경험을 쌓아가는 것이 아니라 해마다 경험 쌓기를 반복하고 있다고만 했다. 지금 자신의 모습을 보라고 한다.

학교생활은 오래 할 생각은 아니었으니까 있는 동안만큼만 잘하자는 생각으로 지냈다. 그렇게 지낸 시간이 10년이 넘었다. 힘들 때도 있었고, 괜찮았을 때도 있었다. 태희와 윤희가 커가는 모습을 보면서, 학교 아이들의 모습을 보면서 내 삶을 다시 돌아보게 되었다.

다음날 집 근처 도서관에 들렀다. 천천히 핸드폰을 꺼내 바코드를 찍으려고 하는데 "어머, 선생님!" 하는 소리가 들린다. 주변엔 아무도 없었다. 나를 부르는 소리인가? 소리 나는 쪽으로 돌아봤지만 낯익은 얼굴은 없었다. 무심히 다시 하던 일을 하려고 하는데 언제 왔는지 내 손의 핸드폰을 가져가 바코드를 대신 찍으며, "어머, 여긴 어쩐 일이세요? 저, M 제일고 두리예요."라고 한다.

M 제일고 두리?

"시험공부 하고 있어요."라며 계속 말을 걸어온다.

"재수하는 거니?"

"아뇨, 시험공부 중이에요. 저 올해 졸업반이거든요. 교수님은 대학원 진학을 권하시는데, 고민 중이에요. 취업해야 하나, 공부를 더 해야 하나."

이렇게 한참 얘기가 오간 후에야 생각이 났다. 그냥 길에서 만나면 몰라보겠다고 얘기하는데 두리는 어느새 내 핸드폰에 제 번호를 입력하고 있었다.

8년 전의 기억이 떠올랐다. 그때 두리와 같은 반이었던 수아는 어떻게 지내고 있는지 궁금해졌다. 주말에 갑자기 걸려 온 전화, 담임을 맡은 반 아이의 아버지가 돌아가셨다는 전화였다. 부랴부랴 장례식장으로 달려갔었다. 그곳에서의 수아는 학교에서 보았던 밝고 귀여운 모습은 하나도 보이지 않았다. 너무 가벼워 금방이라도 날아가 버릴 듯한 창백한 모습으로 멍하게 서 있던 낯선 모습. 장례를 치르고 등교한 수아의 모습은 무표정이었다. 개인적인 사정으로 극단적인 선택을 한 아버지, 어린 동생들, 전업주부로만 살아온 엄마, 엄마는 할 줄 아는 게 아무것도 없다고 했다. 심지어 은행 업무도 어떻게 해야 하는지 모른다고 했다. 열일곱 어린 수아가 가장의 역할을 하게 되었다. 수아는 진로를 바꾸겠다고 했다.

그리곤 대학 진학을 포기하고 공무원 시험공부를 시작했다.

누군가가 내게 "어떤 일 하세요?"라고 질문하면 '기간제 교사'라고 말하기 쉽지 않았다. 그냥 교사라고 말하기도 어려웠다. 처음 근무하면서 들었던 많은 말들이 스치듯 떠올랐기 때문이다. '잠깐 있다 갈 사람'이라는 말을 들은 이후로는 무슨 일을 하느냐는 질문에 머뭇거리게 되었다. 그러다 어느 순간 바보같이 쭈뼛거리는 내가, 잘못한 것 없이 우물쭈물하는 내가 어이없어 보였다. 내가 무엇을 하는지 궁금한 것이 왜 그리 많은지 이러저러한 질문들을 하는 사람을 만나면, '학교 선생님'이라고 말한다. 정규직 교사는 아니지만 10년 넘게 고등학교에서 아이들을 가르치고 있다고. 이제는 처음부터 그냥 편하게 말한다. 그러면 또 "기간제도 정년 있나요?"라고 묻는다. 그런 시간을 반복해 왔다. 변화가 필요했다. 확신에 찬 나의 모습과 앞으로 어떻게 살아야 할지 그 답을 묻고 싶었다. 상담을 신청했다.

"1%의 탄소와 다이아몬드의 차이를 아시나요? 곳곳에 숨어 있는 자신의 가치를 잘 연마하여 각자의 다이아몬드로 빛나기를 바랍니다."는 나의 수업 첫 시간 멘트다.

오늘, 이곳에 있는 나의 모습이 최고의 모습으로 남을 수 있도록 마음을 다하자고 다짐하기도 했다. 정작 그렇게 수업하고 매일 다짐하면서도 자긍심은 갖지 못했다. 그래도 지금, 괜찮다고 생각해본다.

다시 나의 시간을 돌아보았다. 시작은 불편하고 어색했지만, 이제는 조금 익숙한 새로움으로 다가온다. 나쁘지 않았다. 특별한 오늘의 내가 있는 것은 아니었다. 이렇게 꾸역꾸역 살아내는 오늘의 내가 특별한 내일을 만드는 것이었다. 누군가 기억 해준다는 그것만으로도 행복했다.

불편하고 낯섦이 매년 반복되는 시간, 경험을 쌓아가는 것이 아니라 해마다 경험 쌓기를 반복하고 있는 시간이라고 말하지만, 괜찮다. 지금까지 잘 견뎌왔으니 앞으로도 내가 원하는 인생을 잘 설계해 나갈 수 있을 것이라는 생각이다.

나는 아직 내 꽃을 피우지 못했지만, 꽃이 꼭 봄, 여름에만 피는 것은 아니지 않는가. 나는 언제나 반짝이는 별이다. 밝게 빛날 때도 있지만 어두운 밤하늘에 보이지 않는다고 해서 사라진 것도 아니다. 항상 반짝이는 모습으로 그곳에 있는 것이다.

멋진 인생을 다시 시작할 때이다. 우리는 모두 별에서 온 그대들이 아

니던가. 우리의 존재가 별이고 별로 돌아갈 세상에 부끄럽지 않은 삶을

살기를 희망해 본다.

제5장

나를 성장시킨 대화의 기술

서로의 마음 알아차리기

잠이 달아났다. 먼저 잘 테니 너무 늦지 않게 자라고 말하려고 문을 열었다. 유튜브 영상의 소란스러운 말에 윤희가 키득거리고 있었다. 문 앞에서 할 말을 잃고 아이를 바라보았다. 나의 시선을 느낀 것일까? 윤희가 불편한 시선을 보냈다.

귀가 아파 헤드셋도 쓸 수 없다며 집에서 인터넷 강의를 듣겠다고 했다. 퇴근하고 집에 와보니 조금 전에 왔다며 고양이와 뒹굴뒹굴 놀고 있었다.

코로나19로 24시간 운영되던 스터디카페도 10시 이후에 문을 닫으니 집에서 아이를 보는 시간이 많아졌다. 그 많아진 시간만큼 나와 아이가 부딪히는 시간도 많아진 것이 문제였다.

"지금 뭐 보는 거야, 시간도 얼마 남지 않았는데, 좀 집중하면 안 될까?"라는 말을 내뱉었다. 말에 짜증과 화가 잔뜩 묻었다. 말이 곱게 나가지 않았다.

"왜? 왜 그렇게 한심하다는 듯이 보는 거야?"라며 싸한 분위기로 나를 올려본다. 말이 나오지 않았다. 수능이 얼마 남지도 않았는데, 유튜브를 보며 키득거리는 윤희가 맘에 들지 않았다. 조금 전까지 쏟아지던 졸음이 어느새 싹 사라져버렸다.

"왜? 내가 한심해 보여? 동네 한심한 양아치 쳐다보듯 왜 그렇게 보고 그러는데." 하면서 오히려 버럭 화를 낸다.

오후에 전화가 왔다. 병원을 다녀와도 여전히 귀가 아파 스터디카페에서는 인터넷 강의를 들을 수가 없다고. 집에 가서 밥 먹고 공부하겠다고. 알았다고 했다.

"집에서 인터넷 강의 들으면서 공부한다더니, 안 할 거면 일찍 자고 일찍 일어나야지." 말이 채 끝나지도 않았다. "내가 알아서 할게, 그냥 좀 내버려 둬."라며, 오히려 예민하게 반응하는 윤희한테 서운했다. 그 무렵

210

함에 내가 무얼 잘못했는지 알 수 없어서 또 화가 났다.

"너, 지금 그 태도가 뭐야? 수능이 얼마 남지 않았으니 시간 관리 좀 하라고 한 건데."

"엄마가 알아? 온종일 밖에 있다가 퇴근하고 집에 와서 잠깐 보면서." 분위기가 이상하게 흐르고 있었다. 이게 아닌데 걷잡을 수 없게 된 것 같은 느낌이다.

"나, 엄마 나가면 바로 독서실 가서 점심도 안 먹고 계속 공부하다가 와. 귀도 아프고 눈도 알레르기 때문에 아프고, 병원 가서 진료받고 약 먹으면 계속 졸리고, 그래도 참고 하려고 하는데. 그런 나를 엄마가 알긴 아냐고. 물속에 잠긴 듯한 내 기분을 아냐고. 나도 열심히 하려고 하고 있어. 내 친구들 나처럼 이렇게까지는 안 해." 준비하고 작정한 듯 쉬지 않고 속사포처럼 말들을 뱉어낸다.

"재수하는 친구 부모님들은 네가 원하는 거면 하라고 전적으로 밀어주는데, 나는, 나름대로 열심히 하려고 애들 만나는 것도 참고 열심히 하고 있는데, 꼭 그렇게 올해는 어디든 가라 하면서. 9월 모의고사 성적 보면서 공부 열심히 하지 않았다고 꼭 그렇게 해야 하냐고!!" 하면서 눈물 콧물 범벅이 된 얼굴로 쉬지 않고 뱉어낸다. 이러다 숨이 넘어갈 판이다.

"내가 이러면 또 이러겠지, 네 아빠 닮아서 애나 어른이나 똑같다면서 한심한 듯 보기나 하고. 오빠한테는 돈 얘기 안 하면서 나한테는 돈 얘기 하고."

생각지도 못했던 얘기들이 마구 쏟아져 나왔다. 평소 무심한 듯 보였는데 그게 아니었나 보다. 아이들한테 힘든 내색 많이 하지 않았다고 생각했는데 그것은 나만의 생각이었나 보다.

돌이켜보니 나를 힘들게 했던 애들 아빠에 대한 원망을, 넋두리를 아이들한테 나도 모르게 했다. 그 말들이 마음속에 담겨 있었다. 윤희한테 미안했다. 내 목소리는 어느새 작아졌다. 이렇게 힘들어할 줄 몰랐다. 미안하다고 했다. 항상 밝고 긍정적인 딸이어서 어려도 많이 기대고 싶은 마음이 있었던 것 같았다. 농담처럼 웃으면서 "아, 이젠 그만 해."라는 말을 했음에도 나도 모르게 불쑥불쑥 기습적으로 튀어나오는 느낌과 감정을 말했다.

"오빠한테는 얘기 안 하면서 왜 나한테만, 왜, 왜 나한테만 잔소리하냐고?" 계속되는 딸아이의 말에 미안하고 부끄러웠다. 모든 것이 내 잘못이었다. 미안한 마음에 딸아이의 떨리는 손을 잡아주려고 하자 거부한다. 엄마가 어떻게 했으면 좋겠냐고 물었다. 그냥 내버려 두란다. 엄마, 아빠 둘 다 똑같다고.

예기치 못한 시작이었지만 아이의 마음을 알게 되어 다행이라는 생각이 들었다.

"엄마가 미안해, 아무것도 모르고. 그래도 네 마음을 알게 돼서…." 말이 없다.

"우리 윤희가 진짜 많이 힘들었구나. 엄마가 정말 미안해. 앞으로 말할 때 좀 더 신경 쓰고 조심할게."라고 말하고 문을 닫고 나왔다.

그동안 내가 아이들한테 어떤 행동을 보였는지 원망스러웠다.

윤희의 눈물이 글썽이는 눈이 자신의 마음도 몰라주는 엄마에 대한 원망으로 가득했다. 내 아이니까, 말하지 않아도 엄마 마음을 알 것으로 생각했다. 오늘 이렇게 봇물 터지듯 쏟아내는 말을 들으면서 그동안 대화가 부족했다는 생각에 눈물이 났다. 나의 이야기가 아이를 불편하고 힘들게 했다는 것이 부끄러웠다. 일상의 작은 관심과 배려, 따뜻한 말 한마디 자주 나누지 못하고 공감하지 못함이 아쉬웠다. 이제라도 아이의 마음을 알아차려 다행이다. 앞으론 윤희와의 대화에 좀 더 신경을 쓰려고 노력해야겠다.

나와의 대화

더는 불안한 삶을 살고 싶지 않았다. 채무독촉 우편물은 지치지도 않고 왔다. 변화가 필요했다. 예전에도 이런 우편물이 오면 빨리 해결해야 하지 않겠냐고, 불안하다고 얘기를 꺼냈었다. 그의 대답은 한결같다. "알아서 하겠다고." 알아서 하겠다고 하는데 왜 자꾸 그러냐며 화부터 냈었다. 한동안은 우편물이 뜸했다. 알고 보니 내게 오는 우편물을 남편이 먼저 확인했다. 그렇게 시간이 흘렀다. 문제는 해결되지 않았다. 이제는 기대도 없어지고 아무것도 할 수 없을 것 같았다. 그 시간이 무려 10년, 아는 것 없지만 이젠 차라리 내가 해결하고 정리해야겠다고 생각했다. 마음은 복잡하고 혼란스러웠다.

채무조정과 관련하여 인터넷사이트를 검색하고 금융복지 상담센터에 용기를 내어 전화를 걸었다. 내 거주지역의 담당자는 백신접종으로 출근을 안 한 상태라며 다른 지역의 상담원이 대신 전화를 받았다. 상대는 조심스러워하며 친절하게 설명해 주었다. 그리고 신용회복위원회를 방문해서 상담하는 것이 우선이라며 직접 방문해야 한다고 했다. 전화를 끊고 바로 신용회복위원회 사이트를 검색하고 메모했다. 바로 다음 날 아침 9시, 상담 예약을 했다.

뒤돌아보니 내 어리석음에 대한 대가라는 생각이 들었다. 상담 전날 오후부터 흐려지기 시작한 날씨는 밤부터 비를 내리기 시작했고 아침에도 비는 계속 내렸다. 우산을 받쳐 들고 전철을 갈아타며 신용회복위원회에 가는 길에 빗줄기는 점점 더 거세졌다. 운동화에 빗물이 스며들어 양말이 젖고 있었다. 마스크로 얼굴을 가리고 우산을 들고 걷는 것이 참 다행이라는 생각이 들었다. 채무 정리를 위한 발걸음만 아니었다면 비오는 이른 아침 한적한 도심의 거리를 걷는 것만으로도 좋았을 것이라는 생각이 들었다. 신용회복위원회 지부는 출근길에 매번 지나던 길의 오른

쪽 끝에 있었다. 생각보다 일찍 도착했다. 주위를 둘러보니 어딘가 익숙한 풍경이다. 지난여름, 백신접종을 위해 왔던 곳이다. 한여름 무더위에 광장을 가로질러 걷던 풍경과 햇살에 해바라기가 인상적이었던 광장이 보였다. 오늘 아침, 광장은 낯설었다. 빗소리가 거리를 메운 광장에 해바라기는 보이지 않고 온통 회색빛 공간에 굵은 빗줄기만 쏟아져 내리고 있었다.

9시 예약, 약속 시간보다 일찍 도착한 나는 바로 건물 안으로 들어가지 않고 잠시 건물 입구에 서서 비 내리는 도로의 아침 풍경을 바라보았다. 출입하는 사람들은 거의 없었다. 많은 사람이 재택근무를 하는지 출입구는 한산했고 안내대의 직원도 별 신경을 안 쓰는 눈치다. 잠시 들어갈까 말까 망설이다 안으로 들어가 발열 체크를 하고 엘리베이터를 타고 4층에서 내렸다. 안내 화살표를 따라 안으로 들어가니 문 앞에 "업무는 9시부터 시작합니다."라는 종이가 붙어 있고 문은 잠겨있었다. 문 앞에 서 있기가 부담스러워 주위를 둘러보지만 있을 만한 곳이 마땅치 않다. 엘리베이터를 바라보았다.

9시가 되자 문이 열렸다. 조금 전까지만 해도 보이지 않던 사람들이 많이 보였다. 상담은 기본적인 서류작성을 하고 바로 시작되었다. 상담은

216

나의 주거 형태부터 시작해서 차량, 월수입, 생활비, 가족 최저생계비….
등을 자세하게 물어왔다. 빚을 갚지 못하면 이렇게 모든 것이 발가벗겨
지는 기분인가 하는 생각이 들었다. 무언가 많은 질문을 했고, 최대한 성
심성의껏 대답했다. 상담이 끝나고 돌아오는 길에는 아무 생각도 나지
않았다. 어쨌든 여러 가지 내용을 확인하고 사인을 했다. 오늘의 상담 결
과는 2달 후에 알게 된다고 했다.

앞으로는 조금 전의 어색하고 위축되었던 나의 마음과 어색하게 서 있
던 내 모습을 떠올리고 싶지 않다. 기억하고 싶지도 않다. 비는 조금 전
보다 더 거칠어졌지만, 마음은 오히려 편해졌다. 운동화가 비에 흠뻑 젖
어 축축하고 양말이 질척거렸다. 다시 출근지로 향했다. 거리를 걸으며
빗속에 섞여 드는 공기를 깊숙이 들여 마신다. 비 냄새가 후각을 자극한
다. 경전철에서 내려 근처 빵집에 들어가 한 봉지 가득 빵을 사고, 조금
늦은 출근을 했다.

출근 전, 불과 2시간 전의 시간이 빛바랜 사진처럼 낯설게 느껴졌다.
아주 힘든 여행을 하고 돌아온 여행자의 마음이라고나 할까? 지나온 길
에 대한 고단한 기억이 빗물에 씻겨 내려가고 있었다.

지금은 그냥 '때'가 아니었을 뿐, '생각하는 대로 말하는 대로 이루어질'

것이라고 속으로 중얼거려본다. 노랫말인지 내 생각인지 모르는 문구들이 뒤섞이며, 다시 할 수 있다고 나를 응원해 주었다. 삶은 흐르는 강물처럼 이어지고 있다.

오랜 시간, 용기를 내지 못했다. 스스로 할 수 있는 것이 없다고 생각했다. 혼자는 불안하고 힘들었다. 그런 내가 겁나서 두드리지 못했던 장벽을 두드렸다. 생각만큼 무섭지 않았다. 좀 더 일찍 용기를 내었으면 더 좋았을 것이라는 아쉬움이 들었다. 이제 작은 시작점 하나를 찍었다. 앞으로는 오래 망설이지 않고, 겁내지 않고 바로 용기를 낼 수 있을 것 같다. 어쩌면 지금, 이 순간이 내 인생에 있어서 가장 중요한 순간일 수 있다는 생각이다.

다시 새 출발을 한다. 용기를 낼 수 있었던 오늘에 감사한다. 바뀐 것 없다. 내가 바뀌었다. 마지막까지 희망의 끈을 놓지 않을 것이다. 리허설 없는 인생에서 내 삶의 1부를 리허설 무대로 상영했다. 이젠 리허설은 끝났다. 앞으로는 내 안에 있는 열정 가득한 나를 본무대 위로 올리려 한다. 누군가가 바뀌기를 기다리며, 바꾸려고 했던 지난 시간은 이제 더 이상 내겐 없다. 산다는 것은 수많은 처음을 만들어 가는 끝없는 시작이라고 하지만, 다시 시작이다. 내 인생, 내 안의 나만의 열정을 찾는다. 나답게 멋지게 맞이할 마이 라이프, 굿 라이프를 응원한다.

사랑으로 가득 채울 내일

언제부턴지 핸드폰에 저장되지 않은 번호로 걸려 오는 전화는 받기가 겁났다. 받을까 말까 망설이다 전화를 받았다. 전화 속 목소리는 나긋나 긋했고, 자신은 국민건강보험 직원이라고 소개했다.

올해 초 건강검진을 받았다. 국민건강보험 직원은 건강검진 결과에 대한 검진 기관의 의사 설명을 잘 따르고 있는지를 물었다. 단답형으로 대답하는 나와는 달리 기계음을 통해 들려오는 목소리는 집요하면서도 다정했다. 직원은 담당 의사와 같은 말을 한다.

"혈압이나 혈당이 경계에 있기는 하지만 관리가 소홀하면 당뇨와 고혈압이 생길 수도 있어요." "꼭 규칙적으로 운동하세요." 그러고도 더 많은 얘기가 오고 간 뒤 "그래도 신경 쓰셔야 합니다. 항상 건강하시고 즐거운 하루 보내세요."라며 전화를 끊었다.

국민건강보험 직원의 업무상 전화라고 해도 나쁘지는 않았다. 전화를 끊고 나서 그동안 자주 연락하지 못했던 국민건강보험공단에 근무하는 셋째 동생한테 메시지를 보냈다. 조금 전의 전화 내용을 알리며 서로 건강관리 잘하자고 했다.

어느새 우리의 나이가 서로의 건강을 염려하며 안부를 묻는 나이가 되었냐며 작은 화면에 문자가 부지런히 오고 갔다. 나머지 얘기는 퇴근 후 통화하기로 했다. 오랫동안 서로의 안부를 묻지 못했지만, 예전에 알았던 동생과 크게 다르지 않았다. 달라졌다면 예전과 많이 달라진 나였다. 나의 삶이 부끄럽다는 내 생각만으로 지인들과 거리를 두고 살았다. 솔직하지 못했고 함께 어울려 대화하기를 불편해했다.

어쩌면 모두에게 좋은 모습만 보이고 싶었던 나의 이기심이 스스로 더 힘들게 한 것은 아닌가 하는 생각이 들었다. 지난번 윤희가 울면서 속내를 드러내지 않았다면 내 삶의 태도는 크게 바뀌지 않았을 것이다. 모든 것이 숙제로 다가왔다. 어떻게 풀어야 할지 객관식 문제라면 선택지를 고르면 되겠지만 주관식 내 삶의 문제를 풀어내려니 어디서부터 시작해야 할지 모르겠다.

"샘, 기다렸어요. 우리 새우깡 먹어요."

조회 끝내고 좀 늦게 교무실로 들어오니 책상 위에 과자 봉지가 놓여 있었다.

"샘이 좋아하는 표정을 보고 싶어서 기다렸어요."라며 봉샘이 나를 쳐다본다.

어제 쉬는 시간에 매운맛 새우깡을 먹었다. 매운맛, 요즘 매운맛에 집착한 나의 행동 때문이었을까? 매운맛 새우깡은 기분 좋게 매웠고, 함박웃음으로 목소리 톤도 높아졌다. 봉샘은 아이들 얘기를 하며 변함없는 새우깡이 다양한 버전으로 출시되었단 얘기를 했다. 그리고 이번엔 쌀로 만든 새우깡을 사 왔다. 책상 위 새우깡에 기분 좋아졌다. 눈으로만 먹고 바로 수업하러 갔다. 수업하고 나오니 교무실 분위기가 어수선하다. 시간표를 갑자기 바꾸느라 교무실은 정신없었다. 봉샘이 급하게 시간표를 바꾸고 조퇴했다.

봉샘 자녀가 다니는 유치원 원생들을 모두 집으로 보내고 있다고 했다. 코로나19 확진 판정을 받은 원생과 동선이 일치하는 유치원 원생이 있다는 것이다.

수업이 비는 시간, 새우깡을 먹으며 오늘 아침 교무실에 일찍 올라오지 않은 이유를 옆자리 짝꿍 송샘한테 얘기했다. 사실은 어제저녁 딸아이와 불편했다고…. 마음이 심란해서 조회를 끝냈지만 잠시 생각을 정리하고 싶어 천천히 올라왔다고.

딸과의 어제저녁에 있었던 일을 얘기하는데 주책스럽게 눈물이 났다. 그런 나를 보며 송샘은 자리를 고쳐 앉았다. 내 이야기를 들으며 힘들었겠다며 위로해 주었다. 그렇게 이야기하며 눈물을 쏟고 나니 마음이 조금은 편해졌다.

내 생각이 아이의 생각과 같을 것이라는 착각 속에서 힘들어했을 윤희를 생각하니 미안했다. 순간 집에 있는 아이는 무엇을 하고 있을까 하는 생각이 들었다.

다행히도 교무실은 비어 있었고 울고 나니 속이 후련해졌다. 화장실에 가서 세수하고 들어와 모니터를 본다. 빨갛게 충혈된 두 눈이 나를 가만히 바라보고 있다. 어색한 웃음을 웃어본다. 웃는지 우는지 모르게 일그러진 모습이다. 왜? 무엇이 나를 울게 했는지 모르겠다. 그냥 조금 힘들었나 보다. 이제 좀 힘이 나는 것 같다.

"태희 엄마, 뭐해? 자기 이런 거 관심 있어? 우리 동네 이런 게 나왔다기에 생각나서 전화했어." 알고 지낸 지 오래된 친구처럼 지내는 미나 엄마가 전화해 왔다. 가끔 그 집에 놀러 갈 때면 나도 "마당 있는 집에서 살고 싶다."라고 했다. 근처에 오래된 폐가가 싼값에 나왔는데 교통편도 그리 나쁘지 않으니 보러 오면 어떻겠냐는 전화였다.

부동산에 무지한 나는 나중에 시간을 내보기로 했다.

폐가라고 하기는 했지만, 사진으로 보는 것은 그리 나빠 보이지 않았다. 요즘 부동산 시세를 고려하면 욕심이 생기기도 했다. 하지만 아직은 무리다. 잠깐이지만 나름 시골집을 고쳐 작은 텃밭이 있고 고양이와 함께 꽃밭을 손질하는 모습을 상상해 봤다. 상상하고 꿈꾸면 이루어진다고, 모두가 함께하는 즐거운 상상을 해보는 시간을 가져보았다.

봉샘, 송샘, 미나 엄마. 모두 나의 일에 관심 가져주고, 기쁨과 슬픔을 함께 나눠주는 고마운 지인이다.

세상은 혼자 살아가는 것이 아니라 더불어 살아가는 것임을 배운다. 언젠가 나의 위로가 필요한 사람에게 나 또한 손 내밀어 함께할 수 있기를 바란다. 살며 사랑하는 일들로 가득 채워지는 내일을 기대해 본다.

멋지게 나이 들기가 어려운가요?

흔들리지 않는 삶은 없다 했다. 하지만 이순(耳順)의 나이쯤 되면 주변에 휩쓸리지 않고 나다운 모습으로 살 줄 알았다. 아직도 분주한 일상을 살아가는 나는 지금도 누군가의 말 한마디에도 상처받고 힘들어한다.

오늘 아침도 아이를 깨우고 출근한다. 1차선 울퉁불퉁 좁은 경사길을 급하게 달렸다. 가끔은 지나가는 차가 없어 혼자만의 드라이브 코스로 생각하는 출퇴근길이기도 하다. 어쩌다 농기계 차량이 앞에 지나가고 있으면 나 또한 천천히 지나가야 한다. 그런데도 그 길을 고집한다. 들꽃들이 손에 잡힐 듯이 지나는 길옆의 풀냄새, 스치는 나뭇가지, 간혹 열린 대문 사이로 들여다보이는 누군가의 집 마당. 비가 오는 날이면 날것의 흙냄새가 달짝지근하게 올라오는 향도 음미하면서….

수채화 풍경 같은 길을 달리는 시간, 잠시나마 분주한 아침을 잊게 해준다. 왕복 3,4시간 장거리 출퇴근 길에 보이는 풍경들이 매번 새롭다. 출근길, 차들로 빽빽한 차도에서 반쯤 허리가 접힌 노인의 쩔쩔매는 모습이 보인다. 어쩔 줄 몰라 하며 자신의 체구보다 몇 배나 큰 폐지 손수레를 끌어보지만, 꼼짝도 안 한다. 노인이 끌기에는 손수레의 덩치가 너무 커 보였다. 퇴근길엔 길게 꼬리를 물고 줄지어 선 차들 사이를 요리조리 비집고 지나는 배달 오토바이들이 보인다. 그 사이에 외제 오픈 스포츠카를 운전하는 젊은이의 모습도 보인다. 속도를 내지 못하는 도로에서 운전자들의 짜증스러운 표정이 다가왔다 사라진다.

이어지는 풍경 속, 다시 1차선 울퉁불퉁 좁은 경사길로 들어선다. 길옆의 노블 요양원과 희망식당이 보인다. 사람의 모습이 보이지 않는 그곳은 한적해도 너무나 한적해 적막함이 느껴진다. 지나는 길에 보이는 요양원은 산책할 만한 마당도 보이지 않았다. 좁은 찻길 옆에 건물 하나만 덩그러니 있다. 옆에 희망 식당이 있는 것을 제하고는 특별한 것도 없다. 가끔 늦은 저녁 지나는 길에도 불빛은 드물었다. 아침 출근길에 식자재를 싣고 그곳을 들어가는 작은 봉고차의 출입이 이곳에 사람들이 있음을 알 수 있게 하는 전부였다. 지난번 무릎이 아프고 나서는 모든 것이 조심스러워졌다.

차가 없는 긴 터널을 혼자 지날 때면 가끔은 엉뚱한 상상을 한다. 피노키오가 고래 배 속에서 길을 잃고 헤매는 모습이 지금 나의 시공간과 겹친다는 느낌. 그러면 나는 피노키오인지 피노키오의 할아버지인지 알 수는 없는 존재로 터널을 지난다. 가끔 이른 아침이나 늦은 저녁, 터널 속에서 나는 어린 시절로 돌아간다. 세상에 호기심을 갖던 시간, 동화책을 보며 나의 미래를 상상하던 시간이다. 신기하게도 어린 시절 계몽사에서 출간한 오렌지색 세계 명작 시리즈 책이 생각나고, 미운 오리 새끼의 미운 오리가 백조가 되어 우아하게 날아가는 이야기가 떠올랐다. 어떤 날은 책 냄새까지도 살짝 느껴지는 날도 있다. 비가 오는 날이다. 내리는 비의 강도에 따라 그때그때 소환되는 추억도 달라진다. 현실의 나는 오늘도 어제의 좁고 울퉁불퉁한 길을 달리고 있다. 얼굴에 닿은 안개비에 눈물샘이 슬쩍 촉촉해진다.

비가 내린다. 긴 연휴가 시작되는 첫날이다. 모든 세포가 이완 상태다. TV의 가요프로그램에서는 가수 노사연이 노래를 부른다. 늙어가는 것이 아니라 익어가는 것이라고. 노래 가사에 자꾸 감정이 이입되려는데 전화벨이 울린다.

언니다. 그냥 주저리주저리 긴 통화를 했다. "암튼 잘 살아 있으면 됐어."라고 말하는 언니와, "언니도 잘 지내."라며 통화를 끝냈다. 그사이 메시지 하나가 와 있다.

'주문 실수 넘치는 식당', 치매 환자들로 구성된 '주문 실수 넘치는 식당'을 운영하는 자원봉사자들과 노인들의 이야기가 있었다. 그 식당에서는 주문한 음식과 다른 음식이 나와도 화를 내지 않는다고 했다. 실수하고 서툴러도 그분들은 우리의, 나의 어린 시절을 보듬고 길러주신 부모님들이라고 했다. 함께하며 웃는 모습의 사진이 '행복'해 보였다. 따뜻함이 느껴졌다. 조금 전까지 어지럽던 마음이 사라지고, 배시시 웃고 있었다. 카르페디엠!

100세 시대다. 흥미로운 노년을 위해 배우고 익히며 다시 행복하게 살아갈 준비를 한다.

'넌 틀렸어. 제대로 하는 게 하나도 없어.'라며 '너 때문에 내 인생 망했다.'라는 원망에 휘둘렸던 나를 흔들어 깨운다. 움츠러들고 어색했던 나의 지난 시간을 떨쳐버리자고 변화를 시도했다. 뒤돌아보니 내 낮은 자존감과 자신감이 문제였다. 내 안의 열정을 찾아 다시 꺼내려고 한다. 나이는 상관하지 않기로 했다.

아이를 깨우고 정신없이 시작된 아침 출근길, 낮은 곳으로부터 날아오르는 새들을 봤다. 바로 눈앞에서 발놀림이 무척이나 분주하고 경망스러워 보였다. 하지만 어느 정도 날아오르자 우아하게 날개를 펼치고 하늘을 난다. 피식 웃음이 나왔다. 조금 전의 날갯짓, 보이고 싶지 않았을 테고 들키지 않았으면 했을까? 그래도 우아하게 날갯짓하며 하늘 높이 저 멀리 날아가는 새들을 보면서 웃음을 거뒀다.

눈앞의 새들처럼 나답게 날아오를 날갯짓을 상상해 본다. 이렇게 다시 시작을 꿈꿀 수 있는 내가, 이런 내가 참 행복하다는 생각이 들었다.

늦었어도 느려도, 충분히 가능성이 있다는 것을 증명해 보이고 싶어졌다. 그리고 나도 누군가에게 희망의 증거가 되고 싶어졌다. 지나간 날의 삶에 더는 연연해하지 않기로 했다. 앞으로 살아 나가야 할 시간에 대해 절실함으로 오늘, 이 순간에도 내 안의 열정을 살핀다. 우아하게 나이 든 나의 모습, 흥미로운 삶을 그려본다.

가끔은 길을 잃어도 즐겁다

나는 스스로 행복할 것이다. 행복은 내 권리다. 아무도 알아주지 않는 나의 오늘이지만 '의심하지 말자. 다 잘될 것이다.'라는 확언으로 나의 뇌를 세뇌하며 나의 가능성에 의미를 부여하는 아침이다.

조금 먼 출근길이지만 일할 곳이 있어 좋다. 이른 아침부터 좁고 울퉁불퉁한 1차선 경사진 길을 지나고, 고속도로를 달려 터널을 지난다. 또다시 급경사로 이어진 길을 만나 미끄러지듯 지나면 시내로 들어서는 다이내믹한 아침이다. 신호에 걸리고 정체현상으로 차가 밀리면 조바심을 내기도 한다. 그래도 매일 달린다.

처음 그 길들을 달릴 때는 너무 떨리고 무서웠다. 특히 장마철이나 태풍이 지나는 날에는 쏟아지는 폭우와 배수가 잘되지 않는 도로가 겁이 났다. 물 위를 떠가는 느낌, 파도처럼 덮쳐오는 흙탕물로 순간 앞이 깜깜해질 때, 잔뜩 긴장한 두 손엔 나도 모르게 힘이 들어갔다. 그렇게 핸들을 부여잡고 매일 또 달렸다. 계절의 변화는 어김없이 다가오고 시간이 흘렀다. 이제 그 길을 나는 즐긴다.

크게 달라진 건 없다. 좁고 복잡한 길도 이제는 겁 없이 다닐 수 있는 배짱도 조금 생겼다. 아침마다 길에서 만나는 모든 것으로부터 나는 조금씩 나를 들여다보며 단단해지고 있었다. 가끔은 출퇴근길에서 어느 쪽 길로 갈까? 고민하기도 했다. 프로스트의 『가지 않은 길』을 떠올려봤다. 두 갈래로 나뉜 출퇴근길에서 나는 사람들이 많이 가지 않는 좁은 길로 가기로 했다.

좁고 굽은 길보다는 넓은 도로를 달리는 것이 좋았다. 평소보다 일찍 집을 나섰지만, 출근 시간에 늦은 날이었다. 잘 달리던 4차선 도로의 차들이 갑자기 천천히 움직였다. 이유를 알 수 없어도 여유 있게 기다렸다. 시간이 길어지자 마음은 초조해지고 불안한 마음에 출근 시간이 신경 쓰였다. 진땀이 났다. 어디 대형 사고라도 난 것 아닌가 하는 생각이 들었다. 그러다 조금씩 움직이며 지나는 길에서 보니 도로 2개 차선을 막고 공사 중인 모습이 보였다. 공사에 대한 어떠한 안내문도 근처에 없었다.

그 사건을 계기로 나는 조금은 불편한 샛길로 난 1차선 좁은 도로를 이용한다. 길이 좀 막혀도 1차선 좁은 도로니 그럴 수 있다고 생각한다. 천천히 가도 빨리 가도 다 괜찮다며 아침마다 마음을 비우며 하루를 시작했다. 출근 시간은 비슷했지만, 마음은 훨씬 여유로웠다. 프로스트는 『가지 않은 길』에서 오랜 세월이 지난 후 숲속의 두 갈래 길에서 사람이 적게 간 길을 택했고 그것으로 모든 것이 달라졌다고 했다. 우연한 기회로 다른 길을 선택하고 그 길을 이용하면서 나 또한 생각이 많이 달라졌다.

가끔은 빨간 머리 앤의 질문처럼 "낯선 곳에서 길을 잃었다면 가장 먼저 뭘 할 것 같아?"라는 질문을 내게도 해본다. 매일 길을 달리고 헤매면서도 길을 잃어본 적은 없는 것 같은 생각이 들었다. 강물이 어디론가 계속 흘러가듯 길 또한 끊어지지 않았다면 길 없는 길은 없다는 것이 내 생각이다. 길 위에서 길을 잃은 게 아니라 조금 먼 길을 도느라 시간이 걸려 도착했다고. 하지만 그 길 위에서 나는 많은 걸 보았고, 내가 좋아졌다고. 낯선 곳에서 길을 잃었다면 가장 먼저 뭘 할 거냐고?

나는 노래를 불러보고 싶다. 학창 시절을 제외하고는 노래를 불러본 기억이 거의 없다.

내비게이션이 없었을 때 길을 잃고 헤맸던 경험이 있다. 두렵고 당황은 했지만, 다시 길을 찾아 나왔던 기억을 떠올려 보았다.

언젠가 퇴근길에 집으로 가는 대신 보광사 쪽으로 방향을 돌린 적이 있었다. 내비게이션이 안내하는 대로 간다고 갔는데 샛길로 잘못 들어 길이 끝나는 지점까지 간 적이 있었다. 좁은 길이었다. 길이 이어져 있으리라 생각했는데 더는 길이 없었다. 그제야 올라오는 중간쯤에 차들이 주차되어 있었던 것이 생각났다. 그 좁은 길에서 무진 애를 써가며 되돌아 나왔었다. 다시 되돌아 나오는 길은 처음 들어올 때의 좁고 불편했던 조마조마한 느낌의 길이 아니었다.

하루하루가 힘들었지만, 그냥 잘 버티는 하루이기를 바라고 생각하며 견뎠다. 나의 선택에 대한 책임을 다하기 위해 안간힘을 썼다. 살기 위해서 하루를 참아내는 일을 했다. 그래도 길은 보이지 않고 삶은 퍽퍽했다. 하루에도 여러 번 울고 싶을 때가 많았다. 이제 더는 울 수도 없는 벽을 마주하고 보니 웬만한 일에는 놀랍지도 않고 두렵지도 않다. 그 시간 사이로 내가 단단해졌나 보다.

누군가 삶의 힘듦과 어려움은 신이 주신 선물이라고 했다. 신은 내게 얼마나 큰 선물을 주고 싶은 것일까? 내 삶도 그렇게 선택받은 삶이지 않을까 생각해봤다. 앞으로 무슨 일이 생겨도 견딜 자신이 생겼으니 말이다. 그리고 지금보다 더 나빠지지는 않을 것이라고, 잘될 것이라는 생각에 희망도 품어본다.

지금은 내비게이션이 안내를 너무 잘해준다. 그래도 가끔은 내 맘대로 가본다. 그러면 냉정하고 단호한 목소리로 잘못된 길로 들었다며 다시 안내해 준다.

나의 시작에도 이런 안내가 있었다면 얼마나 좋았을까 하는 생각을 가끔 하기도 하지만 그렇게 정해진 길로만 갔었다면 내 삶이 어떠했을까 하는 생각이 들기도 한다. 가끔은 길을 잃고 헤매도 좋다. 정해진 길은 없다. 내가 길을 만들며 가거나 가다 보면 길이 생겨날 수 있다.

개인 삶의 내비게이션은 객관식이 아니니까, 자신이 만들어가는 것이니까 가끔은 길을 잃고 헤매는 것도 나쁘지 않다는 생각이 든다.

천천히 가더라도 포기하지 마세요

하루가 1년처럼 빠르게 변하는 요즘도 인생은 속도가 아니라 방향이 먼저라고 한다. 변화에 가속도가 붙은 것인지 좀처럼 따라가기 힘들다. 현재의 흐름을 배우고 따라 하려고 하면 할수록 더 힘이 드는 것은 왜일까?

빠르고 바쁘게 지나는 시간의 속도에 나를 맞추려고 했다. 그렇게 맞추다 보면 내가 원하는 나를 만날 수 있다고 생각했다. 하지만 속도감에 치여 나를 돌볼 겨를이 생기지 않았다.

속도도 중요하지만, 방향이 더 중요하다는 말이 와닿았다. 지금은 아무 말도 듣고 싶지 않다. 속도도 방향도 잠시 잊고 싶다. 처음부터 속도와 방향이 같으면 얼마나 좋았을까 생각도 해봤다. 삶이 어디 마음먹은 대로 되던가. 그래도 내 삶의 어느 한 시절, 한 번 정도는 불같은 치열함을 경험해 보지 않았을까 생각해 본다.

원을 다시 그린다. 처음의 출발선에 서서 또 다른 시작을 한다.

내가 살고 싶은 삶이 무엇이었는지도 잘 알지 못하면서 사범대학교를 갔다. 좋지도 나쁘지도 않았다. 사범대를 졸업했지만, 첫 직장은 금융회사였다. 돈이 발휘하는 위력 앞에 초라해지는 사람들을 보았다. 내가 살고 싶은 삶이 무엇인지, 내 삶을 생각해보게 되었다.

그렇게 시작되었다. 직장을 다니면서 나의 직업이 '나'를 '나답게' 성장시킬 수 있었으면 좋겠다는 꿈을 꾸게 되었다.

배울 곳이 지금처럼 많지는 않았지만, 88올림픽 이후 신문사들의 문화센터는 다양한 강좌를 개설했다. 직장이 명동에 있었고 조금만 부지런하면 충분히 배움의 욕구를 채울 수 있었다. 그때는 루틴이나 미라클 모닝이라는 말은 없었지만, 출근 전 종로에 있는 어학원에 들러 영어 공부를 하고 오후에는 서소문에 있는 신문사 문화센터에 들러 문화강좌를 듣기도 했다.

나의 하루는 다채로웠고 그렇게 만나는 수강생들의 삶 또한 다양했다. 내가 그들의 나이쯤이 되었을 때 나는 어떤 모습일까? 상상하는 즐거움도 컸다. 빨리 성과를 내고 하고 싶은 것 마음껏 하고 싶은 마음에 하루가 부족했다. 마음의 여유가 없었던 것일까 아니면 그래야만 된다고 생각했던 것일까. 그렇게 20대, 나의 젊은 날의 시간은 무조건 배우는 시간으로 보냈다. 그러면서 멋지게 나이 든 나의 모습을 상상하고 꿈꾸었다.

다시 원점이다. 내 삶을 돌아보는 지금 아이들한테 모든 일에 조급해하지 말라고 말한다. 대학 진학도, 본인이 하고 싶고 원하는 일도, 좀 시간이 걸리더라도 네가 진정으로 하고 싶고 가고 싶은 그곳이 생기면 그때 해도 늦지 않았다고. 네가 앞으로 살아가는 데 있어서 2, 3년의 늦은 시작은 늦은 것도 아니라고. 다만 그 시간 동안 자신의 삶을 고민하며, 주변의 친구들을 보면서 마음이 불안하고 흔들리지 않을 자신이 있다면 말이다.

내가 살아보니 내가 무엇을 하고 싶었는지 진짜 원하는 삶이 무엇이었는지 알지 못했다. 그냥 시간의 흐름에 맞춰 남들이 살아가는 방식대로 주변에서 원하는 대로 살았던 것 같다. 그렇게 사는 것이 잘 사는 것이라는 생각과 함께. 나를 좀 더 알고 사랑하고 나를 위한 이기적인 생각을 조금쯤은 해도 되었을 텐데 그땐 그렇게 하지 못했다. 현실과 나를 비교하며 타협하며 살았다. 그래서일까? 열심히 사는 것 같은데 살아도 삶은 나아지지 않고 항상 허기가 느껴졌다.

오랜만에 근황을 물어오는 가족한테 상처받기도 한다. 아무 의도 없이 한 말이라는 것을 알면서도 자격지심인지 속상하다. 한두 번 아니다. 자주 그런다. 엄마는 맘에 들어 샀는데 집에 와서 입어 보니, 볼 때와 다르게 안 어울린다며 당신의 옷을 가끔 챙겨준다. 너는 뭘 입어도 잘 어울린다고 하면서. 엄마와 나는 키도 체형도 완전 다르다. 괜찮다고 아니라고 됐다고 해도 어느새 나도 모르게 입어 본 엄마 옷은 쇼핑백에 들어간다. 집에 올 때 내 손에는 쇼핑백이 들려 있다. 왜 나는 내가 말하고 싶은 대로 싫다고 말하지 못했는지 기분이 착잡했다. 그런 옷은 내가 좋아하는 스타일이 아니라고, 나한테 어울리는 것이 아니라, 내가 소화를 잘한 것이라고. 다음부터는 진짜 이러지 않으면 좋겠다고. 쇼핑백을 든 손의 어깨가 무거워진다.

좀 쉬었으면 좋겠다는 생각이 들었지만 그럴 수 없었다. 코로나19가 잠시 나에게 여유를 주었다. 나를 천천히 돌아보았다. 매일매일 가족을 위해 참 열심히 잘 살았다며 셀프 칭찬을 했다. 그리고 부모님에 대한 감사도 새롭게 느꼈다. 내가 흔들리지 않고 견딜 수 있었던 뿌리의 근원이기도 했다. 이젠 내가 할 수 있고 하고 싶은 일에 신경 쓰기로 했다. 새로운 도전을 시도했다. 상황이 많이 달라지긴 했지만, 지금의 나는 30년 전의 나와 크게 다르지 않다는 것을 알게 되었다. 경제적 여유가 있었던 것은 아니었지만 고민하지 않고 다시 배움을 신청했다.

모든 것이 너무 빠르게 변해가는 디지털 세상, AI에 물어보란다. 모든 것이 속도전이다. 여전히 인생은 속도가 아니라 방향이라고 얘기하지만 말이다. 난 그 속도에 길을 잃고 방향을 알 수 없어 불안할 때 우연히 글쓰기 강좌를 알게 되었다. 결혼 전 가졌던 작가의 꿈이 다시 꿈틀거렸다. 30년이 넘는 오랜 시간 잊고 지내왔던 기억이다. 오랫동안 짝사랑으로 가슴속에 묻어두었던 그 기억이 희미하게 떠올랐다.

이젠 퇴색한 짝사랑이 아닌 보란 듯이 글쓰기를 사랑하는 설렘을 마주하고 싶어졌다. 책을 읽고 글 쓰는 삶을 누리고 싶다는 생각이 나를 흔들었다. 다시 잘 살아야겠다고 생각하는 이 순간, 지금이 너무도 소중했다. 코로나로 두렵고 혼란스러웠지만 삶은 내게 다시 새로운 기회로 다가왔다.

주변의 부정적인 시선에 가끔은 의기소침해지고 지치기도 한다. 하지만 나는 지금 다시 시작한다.

100세 시대다. 그래도 나는 참 다행이라는 생각이 든다. 생각의 여유가 생긴 것도, 많은 시간이 흐른 지금도 꿈이 있고 다시 시작할 용기를 낼 수 있는 것에 감사한다.

우리는 모두 인생이라는 경기를 뛰는 선수라고 한다. '아직 원하는 곳, 되고자 하는 사람과 거리가 있다 하더라도 계속 가다 보면 언젠가는 도달하지 않을까?' 하는 생각을 해본다. 꼬불꼬불 굽은 길을 돌고 돌아왔지만, 아직 꿈이 있는 내가 좋다.

아직도 힘들지만 그래도 괜찮다고 나를 위로해 봅니다

'괜찮니?'

'괜찮아.' 걱정하지 마. 대답은 그렇게 했지만 좀 불안했다. 이젠 혼자 아이들과 지내는 일상에 익숙해졌다. 이제 잘될 일만 남았다.

크게 달라진 건 없다. 내가 감당해야 하는 일들이 많아졌지만, 오히려 마음은 편하다. 지나온 많은 시간, 집착하지 않기로 했다. 내가 나를 제대로 알지 못했던 시간이다. 아쉬울 뿐이다. 그동안 내가 나를 너무 몰랐고, 돌보지 못했다는 생각에 울컥했다. 하지만 잠시 흔들린 마음을 다잡았다. 지금도 늦지 않았다고 다시 시작할 수 있는 지금이 좋다고.

가을이라서 그런가? 길을 걷다가 그냥 스치는 풍경에도 자꾸 시선이 멈춘다. 도로 주변에 모여 있는 비둘기를 보면서도 홀로 건물 위에 앉은 비둘기에 시선이 머문다. 매일 지나는 길에서 어느 날 문득 빨간 대추를 주렁주렁 매단 나무를 보면서 시인 장석주의 저절로 붉어질 리 없는 대추, 태풍 몇 개, 천둥 몇 개, 벼락 몇 개를 생각한다. 나도 비슷하다는 생각이 든다.

삶의 조각보. 노란색 표지의 문집이 아우렐리우스 명상록과 함께 눈에 띄었다. 열심히 살려고 노력했던 20대의 흔적이 선명한 노란색 표지로 다가왔다. 책 표지는 해맑게 놀고 있는 아이들의 모습이 그려져 있다. 꽃을 들고 황소를 타고 노는 아이, 바닷가에서 게를 잡으며 노는 아이들의 모습이 노란색 표지를 장식하고 있다.

사랑해서 결혼했고 자녀가 생겼고 함께해야 하는 삶들이어야 했지만, 이중섭의 가난은 가족을 그리움의 대상으로 남겨놓았다. 홀로 남은 그는 그리움의 대상을 그림에 가득 담아냈다. 그는 어떤 마음이었을까?

나 또한 사랑했고 아이가 생겼고 행복을 꿈꾸었다. 서툰 나를 있는 그대로 인정해 주길 바랐다. 기대는 무너졌고 예의는 사라졌다. 그리고 어느 날 갑자기 말도 없이 집을 나갔다.

그는 내게 무례했다. 자기 방식에 맞게 내가 변하길 원했고, 맞지 않으면 분노했다. 상처받고 침묵하게 되었다. 지금 생각하니 가스라이팅을 당하고 있었다는 생각이 든다.

다름에 대한 인정도, 약속에 대한 책임도 오래 지속되지 못했다. 일방적인 일상의 날들은 나의 존재 자체가 무의미해졌다.

많은 시간이 걸렸다. 나는 이제 새로운 삶을 고민한다. 다시 시작을 생각한다. 오래된 채무도 조금씩 해결하고 있다. 지금까지 참 잘 견뎌왔다. 이 시간이 조금 더 지나면 지금 보다 나은 내가 오늘을 살고 있을 거란 생각에 힘을 얻는다.

속지가 누렇게 변한 아우렐리우스 명상록을 펼쳐본다. 중광스님의 그림엽서가 꽂혀 있다. 그 페이지를 읽어본다.

"인간은 어떤 일을 행함으로써뿐만 아니라 어떤 일을 행하지 않음으로써 잘못을 저지르기도 하는 것이다."라는 문구가 들어온다. 어떤 일을 하지 않는 것도 잘못을 저지르는 것이라고. 아무것도 하지 못하고, 안 하고 지나온 지난 시간에 대한 죄책감이 들었다.

오늘 아침, 머리맡에서 보채는 까미가 잠을 깨웠다. 자꾸 무거워지는 눈꺼풀을 잡으려고 진한 커피 한잔을 마신다.

"할 수 있다."를 주문처럼 되뇌며 오늘, 새로운 나를 만난다. 생각을 바꾸고 행동했다. 그동안 내가 왜 그렇게 그림자처럼 살았는지 후회와 아쉬움이 밀려왔다. 그저 사는 오늘이 아니기를 바라며 모닝커피로 진하게 나를 깨운다. 새로운 아침이다. 다시 시작이다. 앞으로의 인생은 후회 없이 살고 싶다는 다짐을 한다.

아픈 만큼 성숙해진다고? 그래도 이젠 더는 상처받고 싶지 않다. 힘들어도 괜찮다. 변화를 꿈꿔본다. 사는 게 뭐 대수라고 잘 살았다, 못 살았다는 기준을 들이대며 나를 저울질하고 싶지 않다. 그동안 버티어온 삶, 그것만으로도 지금 돌이켜 보니 대단하다는 생각이다. 이젠 부끄럽지도 비참하지도 않다. 오히려 환갑의 나이가 되고 보니, 지금 나이도 경쟁력이 될 수 있음을 본다. 나이 들어도 자기 계발할 수 있는 자신감을 가지고 도전한다. 오늘도 이른 아침 여행하는 마음으로 출근한다.

내 맘의 상태 변화가 반갑다. 얼었던 마음이 조금씩 풀려 강물이 흘러 바다로 향하듯 조금씩 마음의 스펙트럼이 확장되는 즐거움을 경험한다. 마음의 여유가 생긴다. 주변의 사물들도 새롭게 다가오고 나의 모습도 찬찬히 바라보게 되었다. 웃음기 없는 무표정한 나의 모습을 요리조리 훑어보다, 살짝 입꼬리를 좌우로 올려본다. 조금 어색하지만 나쁘지 않다. 이번엔 하얀 치아가 보이게도 해본다. 거울 속의 얼굴이 시시각각 변한다. 환하게 웃고 있는 모습, 이렇게 활짝 웃을 수 있는 난데.

다 괜찮다고, 걱정할 것 없다고 마음을 다독인다. 이미 지나간 시간은 과거다. 과거에 미련을 갖지 않기로 했다. 과거의 내가 아니라 오늘 지금의 나, 내일의 나만을 생각하기로 했다. 미래의 나를 생각하면서 지난 시간을 인생의 한 페이지로 남긴다.

"아모르파티! 인생, 운명을 사랑하라."

"카르페디엠! 지금, 이 순간에 충실하라."

이젠 좀 다르게 살아보려고 한다. 아모르파티! 카르페디엠!

누군가의 삶이 아닌 내 삶이다. 나는 지금 멋지게 나이 들어가는 나를 그리며 감정적 독립을 하고 있다.

이젠 시시하지 않게 살기로 했습니다

이젠 나를 사랑하며 나에게 예의를 갖추며 나답게 살 것이다.

2016년 9월에 시작한 5년 다이어리가 끝났다. 그때도 내 삶을 다시 시작하고 싶었다. 그래서 기록을 시작했고 한 줄 메모를 했다. 5년 후에는 꼭 달라진 내 모습을 기대하면서.

"내 삶의 목적은 무엇인가?"란 질문을 했다. 나의 대답은 "나답게 내 꿈을 하나씩 이루며 살고 싶다."였다. 퇴근 후 시간을 공부하고 자격증 취득을 하며 보냈다. 항상 현역으로 살아갈 수 있는 평생직업을 찾기 위한 노력을 했다. 그러면서 여행작가의 꿈도 다시 갖게 되었다.

조금만 더 참고 지내다 보면 괜찮아질 줄 알았다. 그러나 해가 바뀌고 시간이 흘러도 달라지지 않았다. 나의 존재도 의미도 아무것도 기대할 것이 없었다. 산다는 것이 이렇게도 힘든 것이었나 하는 생각이 들었다. 용기를 냈다. 학생들과 만나는 시간이 길어지자 내가 배워야 할 것이 많아졌다. 내가 알고 있는 과목 수업뿐만이 전부는 아니었다. 학생상담을 하면서 상담을 공부했다. 공부를 어떻게 해야 할지 몰라 하는 아이들을 위해 자기주도 학습법을 공부했다. 평소 좋아하던 커피를 공부했다. 한마디의 건네는 말이 조심스러워졌다. 섣불리 이렇게 공부하라고 다그치지 않게 되었다. 원두의 생산과정을 알고 나니 한 모금의 커피가 새롭게 느껴졌다. 책을 읽고 끄적끄적 글을 쓰기 시작했다. 그러면서 나의 모습을 조금씩 살피기 시작했다. 자신감이 생기는 변화가 느껴졌다. 내가 바뀌기로 했다. 나를 변화시킬 수 있는 것은 오직 나뿐이라는 사실을 알게 되었다.

코로나19로 환경이 많이 바뀌었다. 많은 사람이 힘들어했다. 그래도 직장이 있고 온라인에서 강의를 들을 수 있는 나는 운이 좋은 편이라는 생각이 들었다. 롤러코스터 같은 삶의 레일 위에서 다시 리셋할 수 있는 용기를 갖게 되었다.

귓가에 김광석의 〈일어나〉라는 노래가 들린다. 다시 일어나 시작해 보라고 한다. 이젠 앞으로 나아갈 길만 남아 있다고 생각하기로 했다. 오래된 채무도, 불편한 관계와 감정도 이제 하나씩 정리되고 있다. 그래서일까? 요즘은 가끔 내가 이래도 괜찮나 할 정도로 마음이 편하다.

이젠 나만의 열정도 갖게 되었다. 뜬구름 잡듯 10억 복권 당첨의 꿈이아니라, 진짜 내 인생, 나답게 살아갈 꿈. 꿈꾸었던 내 삶이 아직 실현되진 않았지만, 아직 남아 있는 열정과 꿈만으로도 나는 지금 괜찮다.

일기예보처럼 내 삶을 예측해본다. "차츰 안개가 걷히고 잠시 먹구름이 지날 때도 있겠지만, 대체로 맑고 쾌청한 날씨가 되겠습니다. 오늘도 영화처럼 멋진 하루 되십시오."라고.

상상이 현실이 되는 그날까지 오늘도 읽고 쓰는 행위를 멈추지 않는다.

오랜만에 산을 오른다. 어제 내린 비로 숲속에 남아 있는 초록 물방울의 촉감이 후각을 자극하며 온몸으로 느껴지는 아침이다. 얼마 전까지만 해도 40도 안팎의 폭염 주의보가 안전 안내 문자로 자주 왔었는데 제법 서늘하다.

모든 것이 맑고 깨끗하다. 높아진 파란 하늘을 배경으로 멋지게 가지를 뻗어 올린 나무가 보인다. 조금 더 오르다 보니 꺾이고 상처가 난 험한 나뭇가지도 보이고, 그 꺾인 나뭇가지 사이로도 싹이 자라나 무성한 가지를 하늘 향해 뻗은 것도 보였다. 자기 몸통을 휘감고 올라가는 덩굴에 몸이 감싸인 나무도 보였다. 상처 난 몸통에 피멍이 든 것처럼 진한 액체를 달고 있는 나무도 보였다. 그렇게 소리 없이 외치는 나무들의 몸부림이 함성으로 들리는 듯했다. 그곳에 서서 시간을 견디고 있는 나무들을 봤다. 누군가의 이기심과 무관심에 흉터를 온몸에 감고도 무심한 듯 그 자리에 당당하게 서 있는 나무들, 그 나무들을 보면서 배운다. 나 또한 그 나무들처럼 의연하고 당당하게 흔들림 없는 모습으로 힘 있게 두 발 땅을 딛고 서리라고. 멀리서 보면 인생은 희극이고 가까이에서 보면 비극이라고 하던데 나무를 보면서 다시 삶을 생각했다.

산을 오르는 길가의 나무 하나 새소리 하나까지 모두 다 내게 말을 건다. 발걸음이 자꾸 느려진다. 그렇게 오른 산, 가끔 들렸던 절인데 처음으로 벽화를 천천히 자세히 둘러봤다.

'심우도'.

자신의 본성을 발견하고 깨달음에 이르는 과정을 야생의 소를 길들이는 데 비유하여 10단계로 그린 그림이라고 한다. 법당을 따라 그림을 하나씩 보면서 한 바퀴 돌아 나왔다. 잔디 위에 햇볕을 쬐고 있는 어린 고양이 한 마리가 눈에 띈다.

산에서 내려오는 길에 올려다본 파란 하늘엔 오선지 모양의 전선에 높은음자리 낮은음자리 모양으로 새들이 앉아 있다. 어느새 점심때가 되었는지 근처 식당의 맛있는 음식 냄새가 기분 좋은 허기를 느끼게 한다.

100세 시대다. 빠르게 변하는 세상의 속도가 조금 힘들기는 하지만 공부는 '평생 공부'라고 하지 않던가. 배움에는 끝이 없다. 무기력했던 나의 열정을 다시 찾아준 것도 배움이었다. 배우고 성장하는 데는 나이가 중요하지 않다.

언젠가 책에서 읽은 오스카상을 받은 최초의 이탈리아 영화배우 안나 마냐니가 세상을 떠나기 전 사진을 찍으며 사진사에게 부탁했다는 말이 생각났다.

"사진사 양반, 절대 내 주름살을 수정하지 마세요."

이유를 묻는 사진사에게 그녀는 이렇게 말했다고 한다.

"그걸 얻는 데 평생이 걸렸거든요."

시간을 견뎌낸 것은 아름답다고 하던데, 떨어지는 낙엽을 보면서 시간의 속도를 느낀다. 나의 삶 또한 가치 있는 삶이었음을 증명해 보이고 싶

다. 나의 계절은 붉게 단풍 든 가을을 닮고 싶다. 곧 낙엽의 쓸쓸함도 있

겠지만, 누군가의 책갈피에 소중히 간직되는 아름다운 추억이 될 수도

있다. 내 삶도 누군가의 기억 속에 소중하고 아름답게 기억되길 희망해

본다.

마치는 글

나는 나의 60대가 흥미롭다. 좋아하는 일을 하며 언제나 현역으로 살고 싶다. 나는 60세 이후에도 배낭 하나 메고 여행하고, 일도 하고 즐기며 살고 싶다.

어느새 아침, 저녁으로는 선선함이 느껴진다. 영원할 것처럼 기승을 부리던 더위도 여름의 흔적으로만 조금 남았다. 또 다른 계절이 다가오고 있다.

'이 또한 지나가리라.'

영원히 지속되는 것은 없다. 지난 시간 힘들었던 일들이 과거의 시간 속 흔적으로 남고 있다. 이제 새롭게 나이 들어갈 나의 마음이 바빠진다. 이제 또 다른 인생의 계절을 맞이할 준비를 한다.

100세 시대다. 한 번 더 내 마음대로 살아볼 권리를 누릴 수 있어 참 다행이다.

이제 나이는 하나의 변수에 불과하다. 나이에 기죽지 말고 당당하게 하고 싶은 일 하면서 생의 마지막 날까지 사랑하고, 일하고, 여행하며 병풍 인간이 아닌 살아 있는 액티브한 현역의 삶을 누리고 싶다.

햇살은 눈부시게 빛나고 바람도 서늘하다. 찜통더위에 짜증이 오르던 때가 기억에서 희미해진다. 이젠 아침저녁으로 바람이 차갑다. 지금 베란다 창가로 쏟아져 들어오는 햇빛을 온몸으로 맞는다. 따뜻하고 기분 좋다.

나이 듦에 대한 불안이 있었다. '수명은 길어지는데, 어떻게 남은 생을 잘 살아낼 수 있을까?'라는 생각, 항상 현역의 삶을 살고 싶다는 마음. 인생은 멀리서 보면 희극이지만 가까이서 보면 비극이라고 했던가.

글쓰기를 시작했다. 나이가 많아도 뇌가 활동하는 한 평생 할 수 있는 일이라고 생각했다. 그리고 나름 글쓰기를 즐길 수 있겠다고 생각했다. 시작은 쉽지 않지만, 나의 살아온 시간을 마주하며 나의 지난 시간을 기록했다. 후회와 반성이 밀려왔다. 어리석었고 무모했고 어떻게 살아야 하는지 잘 몰랐다. 나 자신을 위로하고 소중하게 지켜내려는 노력보다 힘들다고 스스로 많이도 괴롭혔던 것 같다. 이제 지난 시간을 거울삼아 다시 새롭게 시작한다. 인생 2막은 당당하게 나를 맘껏 사랑하며 살아갈 것이다.

다시 '희망'을 생각한다. 코로나로 여기저기 힘들다고 하지만 '땡큐 코로나'를 외치는 사람들도 있다. 나 또한 힘들었던 걸림돌의 시간을 디딤돌 삼아 멋지게 내 인생을 살아갈 것이다. 내 삶을 다시 돌아볼 수 있는 시간이 더 늦기 전에 주어진 것에 대해 감사하다.

이제 곧 60, UN이 정한 인구 나이로 보자면 아직 청년이다. 처음 맞이하는 60 청년, 내 삶이다. 나이 들었으니 포기하라는 말 대신, 생의 마지막 날까지 나의 가능성을 시험해 보고 싶다. 내 작은 삶의 이야기들을 모아 아름다운 '삶의 조각보'를 만들어가려고 한다.

"즐거워서 웃는 게 아니라 웃기 때문에 즐겁다."라는 말처럼 새로 맞이하는 60대는 멋지게 웃을 수 있는 삶을 살고 싶다. 행복하게 괜찮은 어른으로 살고 싶다.

읽고 쓰는 삶을 즐기는, 오정희